魔力量歴代最強な
転生聖女さまの学園生活は
波乱に満ち溢れているようです

～王子さまに悪役令嬢とヒロインぽい子たちがいるけれど、ここは乙女ゲー世界ですか？～

2

Ryusui Kouun
行雲 流水
Illust. 桜 イオン

「吹け」
詠唱は必要ないのに勝手に口から言葉が漏れ、
自然と右腕が上がり殿下の方へと向けていた。
そうして私の体の中にある魔力が
勢い良く外に流れ出る。
そう……漏れ出たのではなく、流れ出たのだ。
私の意思で殿下の魔力を覆い尽くす、と。

CONTENTS

行雲流水
Ryusui Kouun
Illust. 桜イオン
魔力量歴代最強な
転生聖女さまの学園生活は
波乱に満ち溢れているようです
2
～王子さまに悪役令嬢とヒロインぽい子たちがいるけれど、ここは乙女ゲー世界ですか?～

プロローグ

フェンリルを倒した魔術師団副団長さまと騎士団と軍、そして特進科の生徒と護衛役の生徒は一旦拠点を目指して森を歩く。殿下方とヒロインちゃんは騎士団の方々に囲まれ、問題を起こさないように監視されていた。

――これから一体どうなるのか。

殿下方が軍や騎士団の方たちを危険な目に遭《あ》わせたことを不問にすると、王家は彼らから突き上げを食らうはず。殿下たちを囲っているのは、今回のことは怒っていますという意思表示だろう。みんな理解しているのか、なにも言わず黙ったまま道なき道を進み、ようやく拠点へと辿《たど》り着いた。

拠点も魔物の被害があったようで、怪我を負った方や恐怖に怯《おび》えている生徒がいるけれど、魔獣と相対したような被害ではなく良かったと胸を撫《な》で下ろす。

「こちらの被害はまだマシなようですな」

「我々が踏ん張ったからだと思いたいです」

森の奥から一緒に戻っていた指揮官さん二人が安堵《あんど》の息を吐くのだが、流石《さすが》に怪我人を放置できないと、彼らの隣から一歩前に進み出る。

「治癒《ちゆ》を施《ほどこ》します！　怪我の酷《ひど》い方がいらっしゃれば優先致します。申し出るか、どなたか教えてください！」

聖女だと知られたのだから、できる限りのことをしよう。他に治癒を使える人がいないか募《つの》って、周囲を見渡しながら怪我の酷い人を探す。術を施し終わるとお礼を言われることもあれば、騎士のお貴族さまから怪我は酷くないのに『遅い、早くしろ！』と怒鳴られることもあり、何故《なぜ》かソフィーアさまとセレスティアさまが家名を使い庇《かば》ってくれる。私に媚《こ》びを売るような方たちではないのに何故と疑問を抱えつつ、治療を終え一息ついた頃だった。

「……雨」

一粒の雨が私の鼻頭に当たって暫《しばら》くすると、頬《ほお》、額《ひたい》、手、足と当たる場所が増えていく。リンの予想通りもたなかったなあと、空を見上げ雲の流れを見ていた。

「お嬢ちゃん、これでも被っておけ。濡《ぬ》れるよりマシだろう。あと、ありがとな。フェンリルと戦ったてぇのに、死んだ奴がいないのはお嬢ちゃんのお陰だ」

いつの間にか隊長さんが草を踏みしめながら私の横に立ち、お礼の言葉を紡《つむ》ぎながら官給品の外《がい》套《とう》を頭の上から被せてくれた。

「ありがとうございます。……少し臭うので、洗ってお返ししますね」

外套の端を握って被り直すと、隊長さんが慌てた様子で口を開く。

「なっ、おい、お嬢ちゃん！　五年前に俺が臭いと言ったこと、まだ根に持っていたのか！」

「どうでしょうか？」

私が軽く笑えば、隊長さんは困ったような顔になり、後ろ手で頭をガシガシ掻《か》いている。根に持っていないけれど、辛気臭い空気や真面目な空気は苦手だ。少しでも雰囲気がマシになればと言ってみただけ。

ふと……ぬる、としたものが鼻から喉《のど》を通れば、次第に鉄の臭いが口の中に充満する。鼻血出したのは久しぶりだと体の異変に気付いて数瞬後に体の力が抜けて。

「ナイ！」

「ナイっ！」

聞き慣れた声が響くと、私の意識がぷっつりと途切れるのだった。

第一章 ▼ 戦い終えて

――目が覚める。

たしか鼻血を出して気が遠くなりジークとリンの声が聞こえ、そのまま意識を失った。

森の拠点でも馬車の中でもなく、ベッドの上だった。木目の天井に白い壁、硬いベッドに唯一の小さな窓がある部屋はまさしく我が城。

「あ、ナイ。目が覚めた?」

「……リン」

いつもよりゆっくりと起き上がり、ベッドの横で椅子《いす》に座っていた彼女へと顔を向ける。降っていた雨は止み窓の外は陽《ひ》が差していた。

「突然、ナイは気絶したよ……心配した」

無理をするから、と一度溜め息を吐き小さなテーブルの上の水差しを手に取って、水を入れたコップをリンが手渡してくれる。術の行使で魔力量の分配を間違えると、鼻血を出したり気絶したりと忙しい。一度にそうなってしまったのは初めてだが、魔道具の指輪も壊れていたので体が追い付かなかったのだろう。

「ありがとう。ジークは？」

いつもなら彼も私の部屋にいるはずなのだが、今はいなかった。

「兄さんは神父さまの所に報告してくるって」

「……どう説明するつもりかな」

「さあ？」

一日目は順調だった。二日目で魔獣の襲来。聖女の務めを果たしたことは問題ないはず。ただ、第二王子殿下と側近くんたちがヒロインちゃんを囲いながら、森を探索したあげく軍の方たちや騎士団の方たちを危険に晒《さら》した。ヒロインちゃんと一緒にいることは学院内だから見逃されていた節があるのに。小さく息を吐いて、コップの水を一口、二口と嚥下《えんか》していく。

割と第二王子殿下の立場が危ないのでは？

軍と騎士団から報告と苦情が入るはず。あと婚約者のソフィーアさまを蔑《ないがし》ろにしていたことも問題だ。演技でも良いからソフィーアさまと仲良くして、周囲に関係良好アピールした方が将来のためになったし、軍や騎士団の方たちに労《ねぎら》いの言葉をかけていれば、ヒロインちゃんといちゃこらしても印象は違ったはず。

立ち回り方次第で、良くも悪くも周囲の印象が決まる。今回の件は、殿下や彼の側近の方たちの資質を問われることになる。でもまあ、関係ない……いや、手を出せない案件だ。ただの聖女に王族やお貴族さまへ口出しなんてできやしないのだから。

私は仲間と共に、地に足着けて生きていければそれで良い。そのために聖女の肩書を背負い、ジークとリンが側に控えてくれている。大変なこともあるけれど。

「ナイ、お腹空《なか》いたよね？」

「空いているけど、お風呂に入ってさっぱりしたいかも」

貧民街ではお風呂なんて入れなかったのに、慣れると一日入らないだけで不快になる。贅沢《ぜいたく》だなあと苦笑いをしながらリンの顔を見ると彼女は笑《え》みを携《たずさ》えた。

「じゃあ、用意してくるよ。一緒に入ろう」

椅子から立ち上がったリンは部屋を出て行く。私はベッドに座って待っていれば、彼女が直《す》ぐに戻ってきた。手にはリンの部屋から持ち出した服とお風呂セットが抱えられ、私もベッドから立ち上がる。小さな衣装簞笥《だんす》から下着と着替えを取り出して、その上に置いているお風呂セットに手を伸ばすと、ひょいと持ち上げる人がいた。

「持つよ」

「ありがと。リン、過保護じゃない？」

「良いよ、ナイはそのくらいでも。行こう」

リンと一緒に風呂場を目指して汗を流すと随分とさっぱりした。部屋に戻って荷物を置いて、ハンガーに掛かった軍の外套《がいとう》を見る。次の魔物討伐遠征時に隊長さんへ外套を返却できると良いけれど、一体いつになるのやら。

自室から食堂へ移り、リンと一緒にご飯を食べている最中に、教会の人が遠慮気味にテーブルの前に立った。

「聖女さま」

「はい、どうされました?」

「ハイゼンベルグ公爵からお手紙が届いております」

渡された手紙には封蠟《ふうろう》が施《ほどこ》され、紋章を見れば確かにハイゼンベルグ公爵家のもの。用事はなんだろうと首を傾《かし》げるが思い当たる節はない。手紙を届けてくれた方から『開封なさいますか?』と問われ、お願いしますと返せば、懐《ふところ》からペーパーナイフを取り出して丁寧に開封してくれた。

「どうぞ」

「ありがとうございます」

公爵さまからの手紙なので、早く内容を確認した方が良い。緊急性があるなら、何故《なぜ》早く対応しなかったと怒られるはず。

——公爵邸にきなさい。

私の体調を確認しつつ、要約すれば一言で済む内容だった。体調は問題ないし、教会の人に先触れを頼み、ご飯を急いで食べて自室に戻り公爵邸へ赴《おもむ》く準備をする。平民服で向かうわけにはいかず、学院の制服をチョイスしておいた。聖女の格好は恥ずかしいので却下。ネクタイを結ぶのが少し面倒だけれど、由緒正しき学院の制服は便利だった。

「ナイ、良いか？」

「ジーク……ちょっと待って」

ドア越しにノックの音が響くと直ぐにジークの声が聞こえてきた。着替えの途中だから、流石《さすが》にジークを部屋に入れると困ったことになる。少し待ってもらいドアノブを捻《ひね》ると、目の前にはジークとリンが学院の制服を着て立っていた。

「どうしたの？」

普段なら彼は教会が用意する馬車の近くで待機して、リンが部屋前で待ってくれているのに。

「公爵さまの所へ行く前に話がしたかった。直ぐに終わる、大丈夫か？」

「うん、良いよ。入って」

先触れの人に伝えた時間にはまだ余裕があり、二人を自室に招き入れる。三人でいるけれど、ジークは男性なので部屋の扉は開けたままにしておいた。

「公爵さまには手紙で、教会には口頭で今回のことは伝えておいた。俺の判断でな」

ジークは私が報告に赴く前に、彼が報告する内容を予《あらかじ》め教えてくれるのだが、今回は既に報告を済ませたようだ。判断ができない彼ではなく、報告については任せても大丈夫。ただ、珍しいので首を傾げたくなるのを我慢して、ジークを見上げる。

「善《よ》し悪《あ》しの判断はジークに任せるよ。でも、なにかあったの？」

私の言葉にジークの片眉がピクリと動いて、目を細めて私を見る。

「少し前の話になるが、あの女……俺に接触してきた。言うに事欠いて、どうしてリンが生きているの？　……だ」

何故リンが死ぬことを望む台詞《せりふ》をヒロインちゃんは吐いたのだ。誰かの生き死にを、個人が勝手に決められるはずがない。ぐっと歯噛《はが》みしていることに気付き、顎《あご》の力を抜く。しかし、どうしてジークと接触を図ったのか。ヒロインちゃんの行動を逐一監視していないし、学院だと学科が違うからジークたちと必ず一緒というわけでもない。だから、私がいない隙《すき》に二人と話がしたければ、学院が一番好都合な場所だろう。

「私は気にしてないよ、兄さん」

「リンが気にしなくても、あの女は今後リンとナイにどんな影響を与えるか分からない。しかも、ナイのことも、黒髪の女は俺にとってのなに？　と聞いてきた……愛称呼びを許した覚えはないのにな……」

二人の言葉に口端が伸びるのを感じ取り、口元を隠すために片手を当てる。なにと問われても、彼らとは幼馴染《おさななじみ》で、もう少し踏み込むなら貧民街で子供なりに知恵を絞り、共に生き抜いた仲間であり家族である。

ジークがヒロインちゃんとお付き合いするなら、彼の自由だし好きにすれば良い。私には引き留める権利はないのだから。ただ、アルバトロス王国での愛称の扱いは『親愛』を示すもので、家族や当人が許可しなければ呼ぶことはない。

「あ、そういえば兄さんのことジークって呼んでいたね」

リンは今気付いたのか。他人の感情の機微に鈍くて、私は心配になる。もう少し周囲に目を配ろうよ、とリンに視線をやれば彼女はへにゃりと笑った。リンはヒロインちゃんのことはどうでも良いらしい。言われたことも気にしておらず、本当にもう少し周りに興味を持ってほしい。

「お前なあ……」

「……リン」

「？」

こてんと首を傾げるリンを見てから、ジークと目を合わせ『育て方、間違ったかな？』とアイコンタクトを取ると、ゆるゆると首を振る彼。どうやら育児放棄を決めたようだ。仕方ないと息を小さく吐き彼女を見上げる。

「リン、もう少し周りを見ようね」

「ちゃんと見てるよ。ナイと兄さんに危険が迫るなら、私は私の全力を以《もっ》て排除する」

彼女の言葉にもう一度ジークを見て『やっぱり育て方……』と視線を送れば『諦《あきら》めろ』と顔に出ていた。拳《こぶし》を握ってふふん、とドヤ顔を披露しているリン。可愛《かわい》いが言っていることは物騒で思考が脳筋だ……と意識が遠くなりかける。貧民街でジークと私で彼女に生き残る術《すべ》を教え込んだのが裏目に出てしまったか。

「……まあリンには俺たちがついている。それより、あの女には気を付けろ。騎士団に拘束されているが、今後の展開次第でどう転ぶか分からない」

リンの脳筋思考をジークはスルーして、目下はヒロインちゃんを注視するようだ。殿下たちが対象に入っていないのは、彼らが王族とお貴族さまだから。私たち平民と、彼らが交わることはない。

「大丈夫だと思うけれど……ここで考えていても仕方ないし、まずは公爵さまの所に行こう」

魔獣との戦いでヒロインちゃんは勝手に前へ出て迷惑を掛けてしまい、騎士団に拘束された。だから彼女が解放されるまでは私たちに影響はない。

「ああ」

「うん」

話を切り上げて公爵邸へ向かう。教会が用意した馬車に乗り込めば、舗装された道を徒歩より少し早い速度で進んで行く。窓のカーテンを開けて街並みを眺めていると、新しいお店が開き、見たことのない屋台が出て王都の街には活気があった。

商業地区を抜け貴族街となれば景色が一変する。まだ家格の低い方たちが住むエリアだが、漂う空気はお金持ちの匂いを撒《ま》き散らしていた。お屋敷の外観が白色で統一され、街並みに違和感がないように気を配っており、景観条例でも公布されているのではと首を小さく傾げる。

外を眺めること暫《しばら》く、更に高級度が増すエリアを突き進み王城に近い場所で、どえらくでかい門《もん》扉《び》が見えてきた。先触れを出していたので、御者の人と門兵との簡単なやり取りで正門を抜け、広大な庭園を抜ければ屋敷が見える。私たちは馬車から降り、玄関前で待機していた執事さんに挨拶《あいさつ》をして公爵さまのもとへと案内される。

案内された先は来賓室ではなく庭園内の東屋《あずまや》だった。綺麗《きれい》に整備された庭にある小洒落《こじゃれ》た東屋に、ロマンスグレーの髪を後ろに撫《な》で付けた偉丈夫《いじょうぶ》が一人座り、こちらに顔を向けていた。周囲には護衛騎士や侍従の方たちが控え、私たちを見ている。

「よくきたな、ナイ。昨日とは打って変わって良い天気だ。こちらでよかろう」

しかし……今の絵面はあまりにも似合わないと、公爵さまと東屋のアンバランスさに噴き出しそうになるのを堪《こら》えながら、着席を促《うなが》されて足を進めた。

「お気遣い、ありがとうございます」

「倒れたと聞いているが、調子はどうなのだ？」

そう言って私の手元へ視線を動かす公爵さまの顔つきは厳しい。ジークから報告されているし、公爵家の関係者からも彼は情報を手に入れているのだろう。

「いつものことで体調に問題ありません。しかし頂いた魔術具を壊してしまいました。申し訳ございませんでした」

テーブルにおでこをぶつける勢いで頭を下げる。公爵さまが怒ると、かなり恐ろしく空気が緊張するのだが、今はそれがない。おやと頭を上げれば、彼は目を閉じて紅茶を口元へと運び嚥下していた。

「構わんよ。魔獣が出現したと報告を受けている。犠牲者が一人もいなかったことは奇跡に近い。だが、あの魔術馬鹿《ばか》がフェンリルを消し炭にしてくれたお陰で、貴重な討伐事例が一緒に消えてしまった」

魔術馬鹿が誰を差しているのか……この言葉を聞けば分かってしまう。公爵さまは犠牲者を出してでも討伐事例を作り、魔獣に対抗する術《すべ》を軍と騎士団で編み出したかったようだ。副団長さま並みに戦闘技能に特出した人が魔術師団にいるのは稀《まれ》だから。

「魔術師団の団長も困ったものだ。自分の子供が心配だからと、魔術馬鹿を護衛部隊に組み込んだからな」

「ですが、助かったのは事実です。魔術師団副団長さまがいなければ、魔獣を倒せなかった可能性があります」

「分かっておる、ただの愚痴《ぐち》だ。さて、今日は二つほど話がある」

軽い調子から、少し重たい声色《こわいろ》になった公爵さま。今からが本題なのは明らかで、伸ばしていた背を更にぴしりと伸ばした。暖かな優しい風が頰《ほお》を撫でているのに、一体どんな話をするのやら。

「第二王子殿下たちに子鼠《ねずみ》が粉をかけておると聞いた。事実確認をしたいのだが、本当かね？」

「愚問でしょう。閣下であれば調べはついているはずです」

子飼いの影とか密偵がいるし、公爵さまなら軍の関係者に命令して、彼らの子供から情報を聞き出すことくらい簡単だろうに。

「確かに。だが情報の出処《でどころ》が一つだけでは確証に足りん。だからナイに聞いておる」

「私の言葉が、証言足りうるのでしょうか……」

「十分になる。お前さんは聖女の価値を低く見積りすぎだ。あと、国の障壁を維持していること、戦闘面でも十分に役に立っていることを自覚しなさい」

公爵さまがデカい溜め息を吐く。言いたいことはあれ、問われたことを答えるべく、公爵さまに学院へ入学した頃からの出来事を伝える。手紙でも報告を済ませているので、内容が被っているが黙っているので問題はないようだ。ジークや他の人たちからの報告との差異を比べているから嘘《うそ》は吐けず、ありのままを伝える。

どうにかしたいけれど手を出したら火傷《やけど》するのは私だし、できることはない。公爵さま……大人組から聴取を受けている時点で、ヒロインちゃんの未来は決まっている気がした。

「こんなもの、でしょうか」

「ふむ、酷《ひど》いな」

公爵さまが小さく漏《も》らした。普段から厳《いか》つい顔の彼だが、今は余計に顔が怖い。

「ソフィーア、こちらへ」

公爵さまの言葉で、ソフィーアさまがしずしずとこちらへとやってくる。

「はい、お爺《じい》さま。昨日ぶりだ、ナイ。体調は大丈夫か？」

突然のソフィーアさまの登場に驚きつつ、立ち上がり礼を執《と》る。彼女は簡素なドレス姿だけれど、纏《まと》っている生地は超高級品と分かるので流石は公爵家のご令嬢だ。

「お陰さまで」

なにを以て公爵さまが彼女を呼んだのかが読めず、最低限の会話に留めると苦笑いを浮かべる公爵さまとソフィーアさま。

「そう勘ぐるな、裏はない。単に知り合いと聞き会わせただけだ」

「ナイがくると聞いてお爺さまに頼んだ。昨日、倒れてしまっただろう」

ソフィーアさまが腰を下ろしたので、私も席に戻る。この流れで彼女を呼ぶのは、なにかあるとしか思えない。だって第二王子殿下の婚約者さまだし、公爵家もなにか思惑があり殿下との婚約を認めたわけで。

「ナイ、子鼠をどう思う？」

「本心を語るなら、殿下方に取り入っていることは自由にすれば良いかと。代償をその身で払うのは彼女自身ですから。ただ――」

公爵さまに問われたのでありのままを伝える。殿下とソフィーアさまがどんな関係を築いているか知らないし、ソフィーアさまはヒロインちゃんを認めている節がある。ヒロインちゃんが殿下の愛妾《あいしょう》に収まり、ソフィーアさまの誇りと正妃の座を損なわないなら文句はなさそうだ。

「ただ？」

公爵さまが一旦言葉を区切った私に次を促す。

「ジークとリンを困らせるなら、私は彼女を許すことはできません」

もしヒロインちゃんが殿下方を頼ってジークとリンを追い込んだら、私は黙っていられない。知らない間に接触を図っているし、一体どういうつもりなのか。体に内包する魔力が外へ流れ出ると同時に髪がぶわりと逆立つ。

「魔力を暴走させるな。また倒れたらどうするつもりだ」

ソフィーアさまの言葉で我に返る。

「すみません。制御が甘くなってしまいました」

公爵家の護衛の方や侍従の方たちは少々面食らっているが、公爵さまとソフィーアさまの状況把握は的確で直ぐに落ち着いていた。

「丁度良い、二つ目だ。壊れた品より良い魔術具を用意する。ただし依頼する先は件《くだん》の魔術馬鹿だ。覚悟が必要になろう」

私が副団長さまとは既知だから、今のような言い回しなのだろう。ただあの人と再会するのは少々気が重い。

「……閣下は私を戦略級の魔術師に仕立て上げるおつもりですか？」

本来なら口答えになってしまうが、つい口から出てしまった。

「それは流石に……いや、うむ……」

公爵さまをジト目で見つめていれば、珍しく彼が先に折れた。公爵さまは、副団長さまの性格を

把握しているはず。魔術に関して純粋にどこまでも追い求めていくタイプで、彼のもとへ私が行けば魔術のイロハから始まり上級魔術以上の習得を試されそうだ。

「しかし魔術具がないのは問題ではないか？　先程のように感情に流されて魔力を暴走させるのはよろしくないと聞く」

ソフィーアさまが公爵さまを見かねて助け船を出した。

「ああ、それに関しては事実だな。魔力を暴走させて死んだ人間がいたと昔の文献に残っていた。いずれにせよ、急いだほうが良いだろう」

「しかしどうなさるのです、お爺さま」

「依頼だけ出せば良い。アレがナイに興味を持っているのなら好都合だ」

確かに公爵さまから頂いた魔術具の制作者には会ったことはなく、会って話をして作るのは特殊な場合らしい。ただ、副団長さまから魔術具を貰《もら》ったあとが怖いなあと、広く晴れ渡る空を見上げて現実逃避を決め込む。

「ナイ、戻ってこい」

「……はい」

直ぐに公爵さまに呼び戻されてしまった。悲しい。

「話を戻すぞ。ソフィーア、殿下との婚約を続ける気はあるのか？」

「正直、迷っています。子鼠を殿下が飼うのは構いませんが、側近まで熱を上げている状況です。

なにかしらの対策は必要かと」

全員と肉体関係を持ち、生まれた子供が誰の種か分からないのは洒落《しゃれ》にならない。愛妾にするのは構わないけれど、厄介事《やっかいごと》を増やす訳にもいくまい。

「ふむ。ならばどうするのが最善かね？」

「殿下を諫《いさ》めておりますが、改善される傾向はなく……。己の力不足を痛感しますが、愛妾に据えるとも聞き及びません……白紙や解消も一つの方法ですが、王家との契約を簡単に反故《ほご》にする訳にはいきません」

「側室腹で少々甘やかされて育ったお方だ。母親も覚悟が足りん方だからな」

殿下の資質もあるが、育て方にも問題があるようだ。お二人とも私の前で王族の方々をこき下ろしているのは良いのだろうか。政治の話に私を巻き込まないでくださいと心で願いつつ、なにか理由があるのだなと、遠い目になりながら彼らの話に付き合うのだった。

◇◇◇

公爵家に呼び出されてから二日後の朝。森から王都の学院へと戻った際に、今日から授業を行うと教諭から通達されていたらしい。進学校みたいなものだから、早々の授業再開は仕方ない。用意された通学用の乗合馬車に乗り込み、目的の場所まで辿《たど》り着く。学院の大きな門扉までは直ぐそこで、馬車から降りてくるお貴族さまたちが使用人に見送られながら門へと入っていく中を、ジークとリンと私も歩いて学院内を行く。

——視線が刺さるなあ。

特に一年生から。全員の顔は覚えていないけれど、雰囲気で一年生と分かる。

お貴族さまが多く通う学校なので保護者から苦情が出ないよう、なるべく大勢に治癒《ちゆ》を施したことが裏目に出たようだ。副団長さまが魔獣を倒したことも曲解されて広まり、噂《うわさ》の流れ方が異様で尾ひれがつきまくっている。二年生と三年生にも噂が広がるのは時間の問題だと考えていれば、この一ヶ月間一緒に並んで歩いていた二人が両隣にいない。

「ジーク、リン、なんで下がって歩くの……」

立ち止まり後ろを振り返る。

「立場があるだろう」

「ごめんね」

しれっとした顔で言い放つジークと、耳を垂れてしゅんとしている犬のような雰囲気のリン。二人とも合同訓練前までは普通に私の隣を歩いていたじゃないか。

「聖女と露見したからな。せめて騒ぎが収まるまで諦めろ」

理解はしているが納得いかない。二人とは主従関係ではないのに、公《おおやけ》の場では主従となってしまう。学院なのになあ……と溜め息を吐いて、前を見て歩き始める。耳に届くのは『聖女さま』と

『あれが？』と呟《つぶや》く上級生の疑問の声。

聖女の職に就いている方々は、美人でスタイル抜群のぼんきゅっぼんが特徴である。体内を巡る豊富な魔力が身長や胸の生育を促していると聞くが、それなら私はちんまくない。

畜生《ちくしょう》と毒づきながら途中で二人と別れ、特進科の教室へと入る。少し早いせいか、生徒の数がまばらで席が埋まっていない。ヒロインちゃんは解放されるのだろうかと、思考を巡らせていれば担任教諭がやってきた。

「よーし、訓練では散々な目にあったが、みんな怪我もなく無事で戻ってきた。しっかり授業を受けろよ～」

担任教諭が声を上げる。変わりない日常なのに、教室の真ん中二席は空のまま。ヒロインちゃんは解放されず、第二王子殿下は騎士団に抗議をしている最中だろうか。他の側近くんたちは登校しているが、いつものイケメンオーラが萎《しお》れていた。ソフィーアさまとセレスティアさまは普段通り、ぴしりと背を伸ばし机に向かっている。他の方も概《おおむ》ねいつも通りだ。

問題児がおらず、教室は平和。彼女は牢屋に捕らえられたまま一生を過ごすのか、それとも解放され自由を得るのか。ヒロインちゃん次第だと息を吐けば、授業開始の鐘が鳴るのだった。

――昼休み。

久方ぶりに穏やかな時間が流れていた。食堂で昼食を済ませ定位置、ようするに中庭の隅《すみ》っこでジークとリンと私は芝生の上に腰を下ろして一緒に図書棟から借りてきた本を読んでいる。ぽかぽか陽気で気持ちが良くて寝そうだけれど、落ちると授業に遅刻する。頑張って目を開け本に視線を落としていれば、ふいに影が差した。

「おい」

声に顔を上げると、目の前に立っていたのは、近衛《このえ》騎士団団長子息の赤髪くんと魔術師団団長子息の青髪くんだった。微妙な面持ちで私たちを見下ろしている。

「はい」

「アンタたちと話がある、良いか？」

アンタ〝たち〟だから三人一緒かと、横にいるジークとリンに視線を投げ、どうすると無言で聞いてみると彼らは一つ頷《うなず》いた。

「分かりました」

立ち上がろうとすれば赤髪くんがどっかりと芝生の上に座り、青髪くんはゆっくり腰を下ろして対面する。彼らが芝生の上に座ったならば、このままだと不味《まず》いので私は正座になる。ジークとリンも居住まいを正して彼らに向かった。

「あーその、なんだ……。あの時は助かった」

「ありがとうございます。貴女《あなた》たちがいなければ、魔獣は倒せなかったでしょう」

彼らの言葉にきょとんと三人で顔を見合わせる。一体なにが起こったのだろう。若干むず痒《がゆ》さを感じながら言葉を口にした。

「いえ、聖女の務めを果たしたまでです。どうかお気になさらず」

倒したのは副団長さまで、私は彼の高すぎる火力で周囲に被害が出ないように障壁を張っていただけ。危ない目に遭《あ》いはしたが、報酬が出るので文句はない。

「アンタは俺たちのことが嫌いじゃないのか？」

「何故そう思うのですか？」

赤髪くんの疑問を疑問で問い返す。

「……アリスのことで突っかかっちまったからな。だから助けてくれないだろうと考えていた」

「ええ、そうですね」

赤髪くんと青髪くんが視線を合わせて頷き、私たちを再度見る。

「それとこれとは分けて考えるべきかと」

私情で彼らを見捨てたら、教会と国に怒られるのは私だ。しかも高位貴族のお坊ちゃんたちである。恋愛に現《うつつ》を抜かしても、将来は国を背負って立たなければならず、公的な場であれば彼らを守らなければならない。以前に囲まれたと言えど彼らを嫌いにはなれず呆《あき》れるくらいだったし、あの時は運良くソフィーアさまが割って入ってくれた。

「まあ、アリスのことに関しては謝るつもりはないが……」

ないんかーい！　と心の中で突っ込みを入れてしまった。いや、良いけれどそろそろ状況が不味いと自覚しよう。赤髪くんは伯爵家嫡子《ちゃくし》で婚約者はセレスティアさまだから、気付かないと彼女は切れるぞ。確実に。

「とにかく、だ！　すまなかった、ありがとう」

頭を下げる赤髪くんと青髪くんのつむじを見つつ、おかしなこともあるものだと首を傾げたのだった。まあ……お礼を言えるだけ素直、かな？

◇◇◇

赤髪くんと青髪くんの謝罪を受けた次の日。城の魔術陣に赴き魔力を供給するため、学院の授業が終わればジークとリンを引き連れて、王城の一角にある建物の中へと進み一人で魔術陣部屋へ入る。魔術陣を起動する詠唱《えいしょう》を紡《つむ》いだあとはなにもしない。私の魔力が魔術陣へ補塡《ほてん》されるまで、突っ立っているだけ。時間感覚が分からないまま、魔術陣から光が消えて補塡の終わりを告げた。

「眠い」

気怠《けだる》さと空腹感は慣れたものの、眠気には難儀している。ゆっくりと歩いて、外に続く扉に手を掛けて開けば、背の高い赤毛の二人が私を待っていた。

「おまたせ」

「大丈夫か？」

ジークが私を見下ろしながら問うけれど、問題なんてあっただろうか。

「なにが？」

「魔術具がないまま、魔術陣に魔力を供給しても平気なのか？」

質問にイマイチ要領を得なかった私に彼が再度問うた。

「うん、大丈夫。魔力を吸われているだけだから。むしろちょっと楽かも？」

魔力を抑える魔術具が壊れてしまい駄々《だだ》漏《も》れ状態なので、むしろ楽というべきか。凄《すご》く雑な表現だが献血みたいなもので体が普段より軽い。

「そうか、なら良い」

会話を切り上げたジークが私から視線を外し、リンが私の前に移動して、ある方向を見た。

「失礼致します、聖女さま」

「はい？」

合同訓練の時に殿下方の護衛に就いていた騎士団の指揮官さんが胸に手を当てて礼を執る。畏《かしこ》まったものは好きではないが、形式上必要なことだから口には出さない。ここは許可が出ている人だけが立ち入れる場所となり、職務に忠実な彼らが勝手に入ってくることはないので急ぎの案件だろうか。

「失礼を承知でお願いにあがりました。アリス・メッサリナとの面会をお願い致したく……」

「それは構いませんが、理由を聞かせて頂いてもよろしいでしょうか？」

なんで私がと言いたいのを我慢して、違う言葉にすり替える。目の前の指揮官さんは私に頭を下げる立場ではないのに、その状況に陥《おちい》っていること。何故、接点のない彼女と私が会わなければならないのか不思議に感じて聞いてみた。

「アリス・メッサリナが貴女を呼んでくれ、の一点張りで……殿下方との面会も望んでいますが……」

殿下たちとの面会は上から圧力が掛かっているそうだ。目の前の指揮官さんも困っているし、公爵さまと教会からはヒロインちゃんと会うなと下命されていない。会って彼女と話をするだけなら問題ないと判断し、指揮官さんのお願いに一つ頷き彼の後ろを歩いていく。

王城の片隅にポツンと立つ石造りの塔。指揮官さんによると犯罪者を隔離するための施設で、王族に関する犯罪を……って、ヒロインちゃんが既に犯罪者扱いになっている。でも第二王子殿下と側近四人に近寄り、誑《たぶら》かしたから当然の処置だろう。違う国からの刺客《しかく》かもしれないし、王家を邪魔だと考える国内の刺客かもしれないのだから。入り口に案内され、足下に気を付けて階段を下りていく。地下に幽閉されているようで、暗く多湿で不快だった。

「ああ、やっときてくれたぁ！　ジークっ!!」

あー……私と話がしたい訳じゃなくてジークが本命だったのか。鉄格子を摑《つか》んで微笑《ほほえ》むヒロインちゃんは凄く嬉《うれ》しそう。名前を呼ばれたジークを見ると、不愉快そうな表情を浮かべている。願いを叶えた彼女には悪いが、ジークと話はさせまいと私は牢屋の前に立つ。

「なんで貴女はいつもあたしの邪魔をするのっ！」

凄い剣幕で私に迫るけれど、ヒロインちゃんは鉄格子で阻《はば》まれた。

「私は邪魔をしたつもりはないよ。指示に従わず勝手にフェンリルの前に出て、みんなに迷惑を掛けたことをメッサリナさんは反省している？」

「反省ならシナリオを壊した貴女がすべきだわ！」

またヒロインちゃんの『シナリオ』発言。彼女はゲームや漫画の世界の中にいるつもりなのだろうか。確かにこの世界はファンタジー色が強い。魔術が存在し魔物に魔獣が存在する。仮に世界が物語の中だとしても、誰かの行動が一つでも違えば物語は『別の物語』となってしまうのに。そうか……この子は……。

「シナリオってメッサリナさんは言うけれど、生きることにシナリオなんて必要かな？」

彼女は私と同じ転生者だろうか。それも地球の日本人……ノベルゲームの発祥は日本である。前世で流行《はや》りの乙女ゲームをプレイしていたのかもしれない。であるなら、彼女の無茶な行動に合点がいく。しかし、彼女は現実とゲームを勘違いしている。私は眩暈《めまい》を感じ、前髪を利き手で一度掻《か》き上げて確《しっか》りとヒロインちゃんを見つめる。

「要るよ！　みんなと仲良くなって結婚して幸せになるの!!」

「男の人とばかり仲良くなっても……それにアルバトロスで多重婚は無理だよ」

王国での多重婚は国王陛下と王太子殿下にしか認められていない。

「大丈夫だよ、ヘルベルトが王さまになればできるから！」

ええ……陛下の意向を無視する気だ。王太子の座は決まっており第一王子殿下が位に就く。彼は他国の王女さまと婚約を結んでいるから覆《くつがえ》すことは難しい。やばい、政治犯だよ。国家転覆狙っているよ。そりゃ牢屋から出せる訳がない……思想が危なすぎる。

ヒロインちゃんを捕らえた判断は正しい。そして騎士団から国王陛下へと報告されているし、彼女と第二王子殿下を隔離して正解だ。上層部がマトモで良かったと安堵《あんど》して。

「どうあっても覆ることはないよ」

「どうして？　どうして思い通りにならないの？　ジークだってあたしの味方になるのに……フェンリルのリルくんを使い魔にして聖女になるはずだったのに！」

ヒロインちゃんが魔獣の前に飛び出したのは、シナリオを辿るためだったのか。無茶をしたなあと目を細め、ゲーム世界と現実とを区別できていない彼女に小さく溜め息を吐く。

「思い通りになんていかないよ、人生なんて。だから自分でしっかり考えて前に進まなきゃ。シナリオ通りに進む世界なんてないよ……もう遅いけれど」

彼女がスパイでなければ幽閉か流刑に処されるだろうか。陸の孤島の修道院送りもあるけれど、処分を下すのは私じゃないし考えても意味がない。

「なにを言っているの！　あたしは主人公だから！　困っていたら誰かが……みんなが助けてくれる！」

諭《さと》すのは無理だろうか。反省すれば刑が軽くなることもあるのだが。

「ジークっ！　助けて！　ここから出して！」

彼女の望み通りになるのか試してみようと、ジークに顔を向けて場を譲れば、深々と溜め息を吐いて代わってくれた。

「無理だ。それに名も知らない女に愛称で呼ばれるのは不愉快極まりない」

「だってジークがそう呼べって……」

「俺はアンタに愛称で呼んでくれなんて言ってない。許しているのは彼女と仲間たちだけだ」

リンはジークのことを『兄さん』呼びだから除かれていた。

「なんでっ！　どうして……ジークはその女と付き合っているの？」

凄いところに飛躍した。いつも一緒にいるからそう見えてしまうのだろうか。

「…………」

押し黙るジークを不思議に感じて顔を向けると、なにかを耐えるような表情になっていた。違和感を覚えヒロインちゃんを見る。先ほどまでジークの体調は至って普通だった。なら、今は地下牢の雰囲気に呑《の》まれたか、ヒロインちゃんがなにかしたか。

「……兄さん？」

「っ！　すまない、なにか……」

顔を押さえて数歩下がるジークをリンに任せて、鉄格子の向こうにいるヒロインちゃんを睨《にら》む。

「なにをしたの？」

「え？」

きょとんとした顔のヒロインちゃんに向かって、もう一度口を開く。

「……なにをしたと聞いている」

自分でも驚くくらいに声色が低くなっていた。

「なにも……あたしはなにもしてない！」

「なにもしていないのに、ジークがあの状態になるはずがないでしょう!?」

「ジークの調子が悪いだけよ！　あたしはなにもしていないっ！　悪いのはシナリオ通りに進まないこの世界とあたしの邪魔をするアンタが悪いのよ！」

鉄格子を摑んだヒロインちゃんが凄い顔で私に迫る。私も彼女と同様に、怒りで体の中の魔力が渦巻いた。ぶわりと溢《あふ》れる魔力と一緒に私の髪も揺れ、鉄格子の金属が魔力と反応して甲高い妙な音を奏で始める。

「ナイ！」

「聖女さま！」

リンと指揮官さんが声を張るけれど、構っている余裕はない。目の前のコレはジークになにをした。鉄格子の隙間に両手を入れて、物体の胸倉を摑んで顔を引き寄せて互いの鼻先まで近づける。至近距離で合う相手の目と私の目。翡翠《ひすい》色の瞳に、怒りに染まった私の顔が映り込んでいた。そして彼女の瞳の奥からなにかを感じ取る…………この違和感は……まさか。

「――っ!!　魔眼《まがん》」

「え？」

私の声に呆《ほう》けた目の前のモノをなんの遠慮もなしに突き放すと、ソレは石畳《いしだたみ》の床に尻餅《しりもち》をついた。痛みにうめくソレを他所《よそ》に、見張り役の指揮官さんに声を掛ける。

「すみません、急いで魔術師もしくは呪術師の手配を。――ジーク、大丈夫？」

私の言葉に指揮官さんはこの場所にいる他の騎士へと伝達。騎士が走って塔の階段を昇って行く姿を見たので、手配はしてくれるようだ。

「あ、ああ。少し気持ち悪くなっただけだ……」

額《ひたい》に手を当てて片膝《ひざ》をついて耐えているジークに治癒魔術を施すけれど、効果があるのか分からない。

「無理しないで良いから、外の空気吸おう」

「行こう、兄さん」

リンがジークに手を差し伸べて立ち上がらせると、指揮官さんが私に向き直る。

「聖女さま……」

「申し訳ないのですが、彼を先に外へ出させてください」

「もちろんです。お時間を取らせて申し訳ありませんが、あとで事情説明をお願いしたく」

「はい、承《うけたまわ》りました」

突き倒されたことから回復したのか、ヒロインちゃんが鉄格子を摑んで叫ぶ。

「待って！　待ってよぉ!!　あたしを置いて行かないでジーク！　大好きなのにどうしてあたしに振り向いてくれないの!?」

「…………アンタじゃあ勃《た》たねえんだよ。趣味じゃない」

「……っ!!」

ヒロインちゃんは女として完全否定された。ジークが口を荒げるのは珍しく、よほど腹に据えていたのだろう。顔を真っ赤に染めているヒロインちゃんを置いて入り口へと向かう。アンバランスだけれど彼の左側をリン、右側を私が支えて外に出て、王城の敷地内だが緊急事態だとジークを芝生の上に座らせる。

「ナイ、リン、すまん」

「ジークのせいじゃあないでしょ。一応治癒を施しているけれど、気持ち悪いとかある？」

「お水貰ってくる！」

騒ぎを知って駆け付けた騎士団の方たちがこちらへとやってくる。守り手がいるなら問題ないと判断したリンが水を貰いに走って行った。

「…………ジーク」

「どうした？」

ジークは私と視線を合わす。少し顔色の戻った彼に深刻な疑問を投げかける。

「不能なの？」

「……っ！　言葉を慎《つつし》め!!」

「あだっ」

私の頭に遠慮のないジークの手刀が落とされた。

◇◇◇

ヒロインちゃんと牢屋で一悶着《もんちゃく》あった翌日。王城のとある部屋。調度品が豪華です。ええ、粗相をして壊したら一生働いても返せないくらいに。豪勢な場所なので貧乏性の私は落ち着かないのに、目の前の方たちは私のことを全く気にせず、騎士さまの報告に耳を傾けている。部屋の壁際にはジークとリンが護衛として控え、いつも通りのすまし顔だ。

私がこの場に呼ばれた理由は昨日の騒ぎになった件だ。騎士さまからの報告と現場にいた私との辻褄《つじつま》合わせも兼ねているのだろう。違う部分があれば即訂正しろと、呼び出した方たちから言い含められていた。


「魔眼ですってぇぇえええ！」

セレスティアさまが座っていた椅子から勢い良く立ち上がるとドリル髪が揺れる。彼女の声が大きいのはいつものことだが、今のは殊更《ことさら》に大きかった。

「声がデカい……」

ソフィーアさまが苦情を仰《おつしや》るのも、いつも通りだ。今日もセレスティアさまは元気だなあと眺めつつ、耳がきーんとするので、気付かれない程度に顔を左右に振って違和感を打ち消す。

「はっ。魔眼技術を専攻している魔術師と呪術師に調べさせたところ、生まれ持っての能力とのことでした……」

セレスティアさまの大声を華麗にスルーした騎士の方が言葉を続けた。魔術師と呪術師は少々区分けが違う。派手な攻撃系の魔術より、呪いの魔術は地味で陰湿で汚い手と言われ、呪いを扱う魔術師は嫌われる。だから随分と前に分けられた。

魔眼の由来は、以前に読んだ文献なのでうろ覚えだが……昔々に自身の眼に魔術式を刻み他人に呪いをかけた変態がいた。動機は心から愛していた恋人を寝取られたから。で、相手を呪いで始末したものの、眼に刻んだ術式は消えない。時が経ち新たな恋人ができた後に結婚。呪術師の胎《はら》の中に新たな命が宿る。

生まれた子供も何故か同じ術式を眼に宿し、想定外の出来事に気持ち悪いと言われ両親から捨てられた。捨てられた理由も分からないまま子供は大人になり、親から見放された理由を知る。他人に呪いをかける魔眼の持ち主だったからだ、と。

発動条件を理解しないまま、子供は両親を呪うことに成功し更に時が経《た》ち、また子を産む。——その繰り返しで脈々と受け継がれたらしい。もちろん誰にも呪いをかけずに一生を過ごした者もいれば、自覚のないまま生き抜いた者もいるのだとか。現在、魔眼持ちの血脈は薄くなり先祖返りや隔世遺伝で、魔眼持ちが生まれるようになったと、口伝《くでん》や書物で細々と伝えられている。

「眼に術式を仕込める技術を持っている者はいないからな」

ソフィーアさまが短く溜め息を吐くと、ばさりと鉄扇《てっせん》を開くセレスティアさま。

「ええ。存在するならば、今頃争奪戦ですわね……まあ、魔眼持ちも貴重ですが」

呪いをかけたい相手がいるのだろうか。ふと彼女の婚約者である赤髪くんの顔が浮かぶけれど、呪っても彼女や辺境伯家にメリットがない。今から新しい婚約者を探すとしても有力どころは売却済みで残っているのは……まあ、そういうことだ。

セレスティアさまならコソコソするより、正攻法で理由をつけて斬《き》りそうだ。もちろん物理的に。

「しかし、よく気が付いたな、ナイ」

私を見ながらソフィーアさまが声をかける。

「偶然です。彼女がジークに興味を持っていなければ、分かりませんでした」

「報告を聞きましたわ。あの女に対しての言葉は、少々下品ではありますが愉快ですわね」

ふふふと良い顔でセレスティアさまが笑う。壁際で置物と化しているジークの顔が少し歪《ゆが》んだ。言われた本人は不快だっただろうが、今までが今までなので仕方ない。お貴族さまからすればジークの言葉は下品だけれど、良い嫌味になっていた。鉄扇を開き口元を覆《おお》うセレスティアさまの視線はジークに移り、彼女に揶揄《からか》われている彼は無言で立ったまま。私はなにもできず、ジークは耐えるしかない。

ヒロインちゃんはよく五人ものハーレム作ろうと考えたなあ。ジークを入れると六人になるし。まさか、他にも粉をかけていた人がいたのだろうか。若さと無謀って凄い。彼女のような行動は私には無理である。

「彼女の処分はどうなるのですか？」

「王族と側近候補を誑かしたからな。ただではすまないだろう」

「ですわね。温《ぬる》い処分を下せば他の方々に示しがつかず、第二第三のアレを生み出しかねませんもの。どうなるのかはまだ分かりませんが……」

ソフィーアさまとセレスティアさまの言葉に押し黙る。どう考えてもそうなるなあ、正論だから二の句を告げない。ヒロインちゃんをどうにかしようとは考えていない。ジークに無理に言い寄っていたことは自由だけれど、リンに『何故生きているの』と言い放ったことは許せるはずがない。私は処分に口を出せないので、経緯を見守るだけだ。口を出したいなら、身分や立場を手に入れなければ。溜め息を小さく吐くと、お二人は目敏《めざと》く見つけてしまったようだ。私に顔を向けて苦笑いを浮かべる。

「どうした？」

ソフィーアさまが私を見ながら問いかけた。

「いえ、いろいろなことが起こりすぎて、少し疲れただけです」

「確か昨日は城の魔術陣に赴いていらしたと聞いていますわ」

「はい。丁度折よく騎士団の指揮官さまに呼ばれました。その方に責任はありませんが……」

仕事だしね。ヒロインちゃんの取り調べがにっちもさっちもいかなくなって、私を頼ったようだ。

あのあとも騎士の方たちからもてなしを受けながら遅くまで聞き取りされていた。今日も学院で授業があったので確実に睡眠不足である。

「結果として私たちは助かったが、ナイからすれば巻き添えのようなものか……」

殿下たちの行動を正せなければ、お二人は無能と判断される。ヒロインちゃんが故意に魔眼を使ったのか分からないが、彼らが洗脳状態だったと判断されれば逃げ道はできる。ふうと息を吐いて椅子に凭《もた》れるセレスティアさま。なにかを考えているようだけれど怖くて聞けない。

「……確かにそうですわね」

美人二人に見つめられると迫力あるなあと現実逃避を決めたくなるが、殿下たちは一体どうなるのか。学院だと、彼女たちに近寄れないから丁度良い機会である。

「あの……殿下方はどうなるのですか？」

殿下たちより、彼らの婚約者であるお二人の将来が気になる。お貴族さまとして真っ当なのに、相手のせいで評判が地に落ちるとか笑えない。

「魔眼の力が故意か無自覚かで多少は左右されるだろうが、陛下や彼らの家の当主が決めることだ。残す価値有りと判断すれば罪は軽くなるし、必要ないと下されれば、まあ……そうなるだろう」

「ですわね。陛下の決定を一番に重んじるでしょうが、当主の決定も重要視されます。事実確認と裏取りに、少々時間が掛かるかもしれませんわね」

国王陛下や家の決定次第か。これればかりは上層部の判断を待つしかないだろう。裏取りの結果、国内外の工作員が忍び込んでいたということになれば大騒ぎになる。シナリオに従ったヒロインちゃんの行動でとんでもないことになってきた。

「厄介なことを起こしてくれたな」

「あら、その割には深刻に捉《とら》えていないようですけれど」

「自爆だろうアレは。頭が良ければ失敗しないよう、もっと上手く立ち回るですよねえ。男性五人に同時にアタックして成功させたことは凄いけれど、複数のお相手を務めるのは大変だ。

「確かに」

セレスティアさまがソフィーアさまの言葉に同意した。

「ナイ、お前がアレと同じ立場で魔眼持ちだとしたら、どう振舞う？」

「え」

ソフィーアさま、どうして私に聞くかなあ。私の頭の回転は遅く、世渡りは前世の経験があるから取り繕《つくろ》えているだけ。ソフィーアさまが期待するほどではないが、答えるなら一択だ。

「なにもしません。第二王子殿下に粉をかけるなんて大それたことをする勇気はありませんから。

魔眼持ちだと気付けたなら、家に引き籠《こも》ります」

小心者ですよ、私は。であればヒロインちゃんは大物になるのか。確かに肝《きも》は太い。初対面で殿下に声を掛けていたのだから。私もそれを無邪気だと済ませていたことが裏目に出てしまい、初手で止めることができていれば……タラレバ話はもう遅いか。考えても無駄だ。

「普通はそうなるなあ……」

「普通であれば、ですわね」

「仮に手を出すなら商家の方か騎士爵家の方でしょうか。お二人は彼女と同じ立場であれば、どうされますか？」

平民であればこの辺りの人で妥協した方が良い。仮に商家生まれで販路や後ろ盾《だて》が欲しいなら、政略でお貴族さまを狙うけれど。それでも子爵位くらいまでだろう。伯爵家より上となると格の違いが大きすぎるからと周りが止める。

今回ヒロインちゃんが成功したのは、学院だったから。お貴族さまと平民の垣根を低くしようと試みて、今年度に初めて特進科へ平民を入れた。初手で大ゴケしていると突っ込みを入れたくなるが、学院側も想定外だろう。

「ん？」

「まあ。面白い仮定ですわね」

お二人は私が話を発展させたことが珍しかったのか、意外そうな顔をする。

「私もお前と同じだよ、手を出さん。王家は無能ではない。直ぐに気付かれて適切な時に処分されるだろうな」

「わたくしもなにもしませんわ。欲をかくなら豪商の家の者を狙いますけれど」

「……ですよね」

結局三人とも意見は同じであった。あんな無茶は誰もやらん、と。

「しかし……わたくしたちの立場も危うくなりますわね」

婚約者がやらかしているので、自分の足元は確立しておいた方が良い。実家で肩身の狭い思いをするのは嫌だし、嫡子に奥さんがいるのに部屋住みとなれば気まずい。あれ、お貴族さまって小姑《こ》は目障《めざわ》り……


姑《じゅうと》の扱いはどうなるのか。お金は持っているから一人養うくらい簡単だが、五月蝿《うるさ》い小姑は目障《めざわ》りとするだろう。

「ああ、なにか手を打っておかねばな」

ちらりと私を見るソフィーアさまとセレスティアさま。だから私を政治の話に巻き込まないでくださいってば！　と心の中で叫ぶのだった。

◇◇◇

ヒロインちゃんが魔眼持ちと発覚した二日後、彼女が隔離されている幽閉塔へくるようにと公爵さま経由で命令がきた。何故また召喚《しょうかん》されるのかと疑問を感じつつ、護衛の騎士さま方とジークとリンで塔の前に足を運んだ時だった。

「またお会いしましたね、聖女さま。再会できて嬉しいです」

足音を立てながら他の護衛の騎士と共に魔術師団の副団長さまが現れて、長い銀色の髪を風に揺らしながら私の前で立ち止まる。

「副団長さま。お久しぶりと言うにはまだ早いですが、魔獣討伐の際は本当にお世話になりました」

「いえいえ、こちらこそ。あのように遠慮せず魔術を使ったのは久方ぶりでしたから。本当に聖女さまに出会えて嬉しかったのですよ」

んふふと笑う副団長さまに左様ですかと無言で会話を流すのだが、じっと見下ろされたままだ。何故と小さく首を傾げれば、彼も小さく首を傾げる。

「どうしましたか、聖女さま?」

「いいえ、何故わたくしを凝視しているのかな……と」

「それについては、後ほどご理解頂けることでしょう。さあ、参りましょうか」

「ちょ!」

ふふっとまた笑って私の背をやんわりと押す副団長さま。身長差があるので歩幅も差がある。副団長さまの一歩が私の約二歩なので、私だけ早足になっていた。周りの人は普通に歩いてついてきているし……畜生。て、その前に言わなきゃならないことがある。

「申し訳ありません、皆さま。少々お待ちくださいー！」

「おや、聖女さま。いかがしましたか？」

副団長さまと護衛の騎士たちが立ち止まり、不思議そうな顔で私を見る。

「彼女のもとへ行くのなら、ジークフリードとジークリンデをわたくしの護衛から外してほしいのです！」

ふむと考える仕草を見せる横に立つ副団長さまより、先に反応する人がいた。

「ナイ！」

「駄目だよ、ナイ」

「でもまたなにか影響が出るかもしれないから、二人はここで待っていて」

私の護衛としてついてきているのだから、二人の反対は理解している。

「お二人のことが心配なのですね」

「はい。魔眼もありますが、それ以前に彼女と関わらせたくありません」

魔眼の影響よりも不快な発言をするヒロインちゃんと会わせたくないのが、正直な気持ちである。

「と、聖女さまは仰っていますが、ジークフリードくんとジークリンデさんはどう致します？」

副団長さまが私から視線を外しジークとリンの方へ向けると、二人がばっと敬礼を執った。

「私たちは聖女さまの教会護衛騎士です。なにがあろうとも側にいます」

「兄と同じです」

「だそうですよ、聖女さま。許しても良いのでは？　それに貴女が心配していることにはなりませんし、彼らならどんなことを言われても受け流しそうですけれどねえ」

副団長さまの言葉にこくりと頷いたジークとリン。ここで問答しても仕方ないと諦める。それに副団長さまには私の心配を打ち消す理由があるみたいだし。

また一行は進み始め、私の前に護衛の騎士二人、そして副団長さまと私が、少し離れてジークとリンがついてきて、更にその後ろにも護衛の騎士が二名。塔の外にも護衛が待機しており、王城の中でここまで厳重なのは初めてだった。

「……誰？」

入り口の扉を開かれると、ヒロインちゃんの声が聞こえる。顔は知っているはずだというのに、何故彼女が疑問を呈《てい》したのか直ぐに理解できた。

「目隠し……」

「ええ。単純ですが一番効果がありますから。まあ術者……彼女には酷《こく》な処置かもしれませんがねえ」

ヒロインちゃんは『ハインツ！』と副団長さまの名前を連呼しているけれど、呼ばれた本人は無視を決め込んでいた。何故、関わりのない副団長さまの名をヒロインちゃんは知っているのか。彼女の魔眼について調べると言っていたから、その時に名乗ったのだろうか。彼女が彼をどうして知っているのかはさておいて。

「わたくしがいる意味はありますか？」

「ありますよ。聖女さまは尋常ではない魔力をお持ちのお方。無意識で常に魔力が外へと放出されているので、魔眼の呪いにある程度対抗できるのです。そしてその恩恵は周囲の者にも効果があります」

「それは……不味いのでは」

なにかしらの影響を及ぼしそうである。感情がフラットな時は良いけれど、ヒロインちゃんの胸倉を摑んだ時のように感情が高ぶると、鉄格子が音を鳴らして反応していたから……。

「ああ、心配はないですよ。聖女さまの魔力操作は未熟なので、周囲に悪影響を及ぼすことはできません。聖女さまが常に魔力を意識して魔力操作を完璧にできたなら、魔眼の呪いを返すこともできるでしょうねえ。例えば、漏れている魔力に指向性を持たせてみるとか？」

魔力操作がもっと上手くなれば、勝手に漏れ出る魔力も自身の制御下におけるらしい。副団長さまの言葉が微妙に疑問形になっているのは何故なのかと、私は無言になってしまう。

「ふふ、それに関しては追い追いきちんと魔術のお勉強をしましょうね。で、これを見てくださいますか？」

彼は懐から小さな箱を取り出し手のひらに乗せて反対の手で箱を開く。

「魔術具ですか？」

指輪型の魔術具だった。見た目は細身のシルバーリング。でも刻んだ術式により効果は変わるため、どんな魔術が付与されているのか判断がつかない。

「ええ、魔術具です。僕が作りました。――そしてこちらも」

もう一度懐に手を入れてまた小箱を取り出す。

「見た目は同じですね……」

私の言葉通り、どちらもただのシルバーリング。魔術具の見た目を凝《こ》る人は装飾に力を入れて作るのだが、副団長さまはシンプル志向のご様子。魔術馬鹿な副団長さまだから派手なものを好みそうなのに意外だった。

「ええ。見た目は同じですが、効果は少々違います。聖女さま用とそこの人用です」

「はあ」

「反応が薄いですねえ。ハイゼンベルグ公爵閣下から、魔力を抑える魔術具を作ってほしいと依頼がきましてね。普段は個別依頼を受けないのですが、内容を読むと貴女が使うものだと直ぐに理解し了承致しました」

そこは気付かずに断ってほしかった。副団長さまは察しが良いようだ。片方の魔術具を私に手渡して、外に出たら身に着けてくださいと彼は告げ、にこりと笑う。

「術式自体は簡単なもので手間は掛かりません。直ぐにできたのでお届けに参ろうとしたのですが、王家から勅命《ちょくめい》がありまして……」

少し間をおいてヒロインちゃんを見た彼の目が細くなる。

「魔眼持ちを見つけたと言うではありませんか。そして魔眼の効果を抑える道具を作れと僕に命が下ったのです」

両手を広げて嬉しそうに語る彼は、大きく横に口を伸ばした。

「いやあ、魔眼持ちが現れるなんて奇跡ですよ。あと、あの人の一族を調べ上げませんと。貴重な魔眼持ちがまだいる可能性もありますからねえ！」

「はあ。でもそれとわたくしに関係があるようには……」

「聖女さまをこちらへ呼んだのは、僕たちの盾《たて》役を務めて頂きたかったのです。彼女は無意識で魔眼の力を発揮するので対抗手段を立て難い。そこで魔力を無駄に駄々漏れさせている聖女さまの出番だったのです」

私が身に着けている魔術具が壊れ、多すぎる魔力の制御がなっていないから、ヒロインちゃんの魔眼の威力を下げているなんて。

「あ、もちろん公爵閣下や教会の許可は取っていますからね。僕の都合で聖女さまを呼びつけたとなれば後が怖いですし、敵に回したくありません。まあ彼女が無意識で良かったです。指向性を持つと狙い撃ちや威力の調整もできますから」

ああ、貴女がいてくれて良かったと嬉しそうに笑う副団長さまが、片方の魔術具を手に取る。

「さて、魔眼の効果を下げられるか実験してみましょうか」

実験って言い切りやがりましたよ、目の前の副団長さまは……。でもまあ問答無用で処刑されるより、衣食住は国が保障するからモルモットとして生きる道もアリだろうか。

ただ、彼女の親類はとばっちりだ。彼の言を信じるなら血縁者が魔眼持ちか調べるようだし、仮に該当する人がいれば、魔眼持ちを輩出する家系として保護か監視となる。ヒロインちゃんの軽率な行動が大事《おおごと》になっていた。

「聖女さまはそこでじっとしていてください。さあ、扉を開けてくださいますか？」

副団長さまの言葉に頷き、鍵束を持った騎士が一歩前に出て敬礼を執る。

「は！」

一緒にこの部屋に入っていた騎士四名が副団長さまより先に牢の中へと入り、そのうち二人がヒロインちゃんの両腕を摑んで拘束する。

「やめて、汚い手で触らないで！」

「じっとしていなさい！」

「痛いじゃない！　男が女の子に暴力を振るうって、ありえないわ！」

「喋《しゃべ》るな!!」

拘束から逃れようとする彼女が暴れると締め上げられている腕が余計に締まっていた。抵抗は諦めたのか黙り込むヒロインちゃん。

「さて、じっとしていてくださいね。痛くはしませんし、待てば目隠しから解放されますよ」

優しい声音で言い終わると、副団長さまは歩を進め、牢の中に入って行った。

「ハインツ……」

「大丈夫ですよ、怖がらないで」

彼の背中しか見えないけれど、心の中で笑みを浮かべているはず。

「――〝メディスンは森で撃たれ〟」

副団長さまの詠唱のあと甲高い金属の音が短く鳴る。おそらく魔術具の効果を発動させる起動詠唱なのだろう。

「メディスン？」

聴き慣れない言葉につい復唱してしまった私の言葉が届いたのか、振り返ってにっこりと笑う副団長さま。

「ああ、呪術師のことですよ。随分と古い言い方なので、聖女さまが知らなくても仕方ありません」

「はあ」

「先ほどから反応が薄いですねえ。魔術に興味がありませんか？」

副団長さまはくつくつと笑いながら、私を見下ろしている。

「私のことより、彼女を放っておいても良いのですか？」

「おっと、そうでした。魔術具の効果は発動していますし、目隠しを外して頂いても大丈夫ですよ」

質問に質問を返したことを気にもせず、副団長さまは騎士の方に目隠しを取るように促す。ヒロインちゃんへ手を伸ばす騎士の方は、少し怯《おび》えている様子だった。彼女の魔眼が誰に発動するか分からないから、自分の身に降りかかるのは怖い。彼女の魔眼は呪いより洗脳に見えたから余計に怖いのだろう。

「ハインツ！　あたしを助けにきてくれたの？」

目隠しを解かれたヒロインちゃんが副団長さまを視認すると、ぱっと顔が明るくなった。

「いいえ、貴女が持つ貴重な魔眼の様子を窺《うかが》いにきただけですよ。――ふむ、どうやら一定の効果はあるようですねえ。取り急ぎはこれで良いでしょう。きちんとしたものはあとで作れば良いですし」

騎士の方たちと一言二言交わしてから、副団長さまが一番先に牢から出てくる。ヒロインちゃんはこのまま置き去り決定のようだ。目隠しが外れたことで牢屋生活に支障はない。ベッドや机に椅子、お手洗いなどの一式は揃《そろ》い、食事も運ばれてくる。外へ行こうと踵《きびす》を返すと、階段を下りてくる人たちがいた。

「先生」

「お師匠さま」

ソフィーアさまとセレスティアさまが牢部屋の前で副団長さまに声を掛けた。副団長さまは彼女たちの家庭教師を務めていたことがあり、彼のことを魔術の恩師と慕っているそうだ。副団長さまが生徒を取るのは意外だと失礼なことを考えながら、お二人と副団長さまの間に視線を彷徨《さまよ》わせた。

「おや。お二人とも、こんな所にきては駄目ですよ」

彼の言葉に同意する。幽閉塔は貴族のご令嬢がくる場所ではないのだから。

「陛下と家の許可は取りました。そして先生がいるうちに行ってこい、とも」

「ええ。お師匠さまがいれば心配はないだろうと言われまして」

どうやら王家や自身の家の許可は得ていたようだ。手回しが早いと感心しつつ、二人と視線が合ったので黙礼をする。

「はあ、仕方ありませんね。しかしどうしてこちらに？」

「あの女に、少々聞きたいことがあります」

「ええ、わたくしも」

真剣な表情のソフィーアさまと不敵な笑みを携えるセレスティアさま。少し怖い、と感じてしまったのは彼女たちに失礼だろうか。

「分かりました。尋問は構いませんが暴力は駄目ですよ。貴重な魔眼持ちですからねえ。あと時間は限られていますので手短に」

貴族の礼をして鉄格子へと進む二人を見つめていると、私の横に副団長さまが並んだ。

「大丈夫でしょうか」

「あの二人なら大丈夫ですよ。むしろ魔眼持ちの子の精神が彼女たちの圧に耐えられるかどうかが心配です」

壊さないでくださいね、と副団長さまが掛ければ、振り返りこくりと頷いたソフィーアさまとセレスティアさま。いつにも増してお二人が纏っている雰囲気に圧があるから、ヒロインちゃんは耐えられるだろうか。数日間の牢屋暮らしで参っているようだし、精神的に落ち込めば命を失うこともあるだろう。

「どうして殿下方に近づいた、目的を言え」

ソフィーアさまの質問への答えは、以前と似たり寄ったりだった。曰《いわ》くシナリオ通りになるはずで、シナリオ通りに動けば最初はゲームと同じように進んだ。けれど、ソフィーアさまとセレスティアさまからの嫌がらせやいじめはなく、リンや私というイレギュラーもいたこと。どうして自分の思い通りにならないのか、自分が一番ではないのかと我儘《わがまま》を言い放つ。

ヒロインちゃんは転生者で、ここが乙女ゲームの世界と思い込んでいるようだ。仮に今生きている世界がゲームの中であるなら、物語の本筋に関わった私はどんな存在となってしまうのか。ヒロインちゃんが語るゲームを知らないので、なんとも言えないが。

「これ以上は無駄か……」

「ええ。周囲から証言を得た方が良いですわね……錯乱していますもの」

お二人にはヒロインちゃんのゲームやシナリオというワードの意味が伝わらなかったようだ。この世界にゲーム機やパソコンは存在しないし、ましてや乙女ゲームなんてものも存在しない。あとで補足をしておけば、頭の回転が早い二人ならばゲームの話を持ち出さなくても理解できるだろう。あまり手応えのなかった尋問に二人は顔を見合わせて溜め息を吐いたのだった。

◇◇◇

ソフィーアさまとセレスティアさまがヒロインちゃんに対して尋問を行い、副団長さまの魔眼研究のために何度も王城に召喚されて忙しかった。

「僕個人のアリス・メッサリナ氏が持つ魔眼の能力の見解です」

今日も城へと呼び出され、何故か王国の重鎮の方たちが集まっている会議室で、副団長さまの横にちょこんと座っている。

「彼女の魔眼の力は、興味や好意を持つ方に発動するようです」

にこりと笑みを携える副団長さまの見解が続く。ヒロインちゃんの魔眼は不特定多数に洗脳や魅了の効果があるのではなく、彼女が気に入った人物、または気になる人物に強く反応するらしい。でなければ殿下たちを狙い撃ちできないし、彼女の犠牲となる人がさらに生まれてしまうはずなのに他に被害者はいない。

ジークに粉をかけたことを挙げると、私の名前が出てくる。私の近くで長く共に過ごしていたことで、耐性を得ていたか祝福の効果で洗脳されなかったそうだ。そんな馬鹿なと副団長さまの顔を見上げれば、黙っていてくださいと無言の圧が掛かり口を閉じるしかない。

「おそらく発動条件は視線が合うこと、術者である彼女が特段の好意を持っていること。――シナリオ、ゲームという言葉を僕はあまり理解できませんが、聖女さまが上手い例えをしてくれたので、彼女に代わって頂きます」

は、ちょ、待って。説明もなしにバトンを渡されても困る。困るけれど、お偉いさんばかりが集まる会議室だ。粗相のないよう、静かに椅子を引いて立ちあがる。

「みなさま、はじめまして。聖女、ナイと申します。至らぬ身ではありますが、魔術師団副団長さまの補足を務めさせて頂きます」

うわあ、怖い。視線が怖い。マジモンのヤクザがメンチ切っているように怖い。国の未来に関わることだから心配は分かるけれど、私は副団長さまのとばっちりだ。深く息を吐き吸い込んで、乙女ゲームを舞台や本へ置き換えた話に変え、ヒロインちゃんが舞台や本の世界の主人公と思っていると、彼らへ説明する羽目になった。会議が終わり、お偉いさん方が退室して、まだ部屋に残っていた副団長さまが私を見下ろす。

「ありがとうございます、聖女さま」

「せめて前以て教えて頂けると助かります」

「いやあ、申し訳ありません。先ほどまで魔眼のことを調べていたもので、つい忘れておりました」

説明がなくとも私なら大丈夫と言って、副団長さまはにこりと笑っているが絶対適当に喋っているはず。魔術馬鹿だから仕方ないが、もう少し説明とかいろいろ社会人として前振りがあると良いのに。

いろんな人に振り回されていれば、あっという間に時間が経つ。魔獣討伐から一週間。側近くん四人は学院でヒロインちゃん不在の席をぼーっと見つめていたり、時折、こちらに視線を向けて申し訳ない顔をしていたり、赤髪くんがセレスティアさまに罵《のの》られていたりしていると……。

——ヒロインちゃんと殿下方の処分が決定した。

ヒロインちゃんの言動があまりにもアレだったので、周囲の理解を得られず精神錯乱状態と判断され、本来なら処刑なのに貴重な魔眼持ちだからと一生幽閉処分となった。彼女の実家も、王家に仇《あだ》をなした商家、と世間の皆さまから判断され、売り上げがガタ落ちしており、店は潰《つぶ》れてしまうのではと噂されている。親類縁者の中に魔眼持ちがいないか調査され、憶測が憶測を呼び、尾ひれ背びれがくっついた噂が街中に広がっていた。

第二王子殿下と側近候補四名は魔眼による洗脳状態という判断で、明日から一週間の謹慎処分の後に再教育が決定した。

罪が軽いと言われそうだが、将来は国の重要な職に就く人たちである。こってり絞られた上で、次やらかしたら分かっているなと陛下からお言葉を頂いているらしい。婚約者がいる人たちは両家で相談の上、婚約を継続するなり白紙に戻すなりして良いし、困っているなら王家が相手を探すとお言葉もあったそうだ。男側は知らんけど、とのこと。

放課後、ソフィーアさまとセレスティアさまに誘われ、学院のサロンでお茶を飲みながら彼らの処分を聞いていた。そして彼女たちの未来の話も聞くことになる。

「私は殿下との婚約を継続する。やるべきことを成し遂げるには、やはり第二王子妃の地位があった方が良い」

「わたくしもですわ。そもそもヴァイセンベルク辺境伯家からクルーガー伯爵家へ願ったものですし、仮にも十年近く婚約を結んでおりますから」

ソフィーアさまのハイゼンベルグ公爵家が王家と婚姻を結ぶ旨味《うまみ》は薄いそうだ。ただソフィーアさまがやりたいこと、成し遂げたいことがあるので、殿下の今回のやらかしは公爵家としては不問。次はないとのこと。

セレスティアさまのヴァイセンベルク辺境伯家は近衛騎士団団長を務める伯爵家との婚姻で、魔獣や魔物、国境の外敵から領土を守るために伯爵家との縁を強く繋《つな》げておきたいので、そのまま継続。こちらも次はないとのこと。

お貴族さまって大変だなあと紅茶を啜《すす》る。味、分からないけれど。

「で、だ。ナイ、お前に頼みたいことがある」

「ええ。わたくしも」

魔獣討伐以降、何故か目の前のお二人に出会ったり呼び出されたりと忙しい。何故私がと愚痴りたくなるが、お貴族さまの前で口に出せないのが悲しいところ。

「そう嫌な顔をするな。まあ、面倒かもしれんが……」

「貴族の社交場など貴女からすれば面倒そのものですわね。わたくしも社交場より狩りや魔物狩りに出かける方が楽しいですもの」

おっと顔に出ていたか。一ヶ月前ならソフィーアさまに怒られるだろうが、交流が増えたことにより多少の失礼は見逃してくれていた。

「申し訳ありません。それで頼みたいこととは？」

「ああ、すまないが……──」

なんでそんなことになるのかなあ、と窓から見える空を眺めるのだった。

◇◇◇

──何故、上手くいかない。

学院の合同訓練を終え、父王から自室で大人しく過ごせと命を受け一週間が経つ。城の私室でベッドに腰掛けて考えていた。アルバトロス王国の第二王子として生まれた俺は、兄の予備として育てられた。帝王学をはじめ外国語に剣術、魔術、他諸々。幼い頃から遊ぶ暇も休む暇もない。父と王妃の期待には応えてきたし、八歳の頃に婚約を結んだ者ともそれなりにやってきた。

『ヘルベルトさま！』

ピンクブロンドの髪を揺らし、目を細めて笑う彼女の姿を幻視する。

「……アリス」

王立学院へ入学して直ぐ、無邪気な笑顔を向けながら俺に話しかけてくる面白い奴がいた。誰も彼もが俺を王族として扱う中、彼女だけが俺を俺として見てくれた。

異性に安易に触れてはならないと教えられてきたのに、彼女はいとも簡単に俺の制服の腕を掴むとふんわりと笑って無邪気にはしゃぐ。勉学で分からない所を教えてやれば『ヘルベルトさま凄い！』とはにかみ俺を褒《ほ》めてくれる。

城をこっそり抜け出して、街へ繰り出し二人で行った安い露店の食べ物を美味《おい》しいと頬張る姿を見ていると、自然に笑みが零《こぼ》れていた。俺が甘くて淡い感情を抱くのは初めてだった。

「アリス……」

彼女は平民でありながら躊躇《ためら》いもなく俺に話しかけ、最初は裏があるのではと疑っていた。

——俺に媚《こ》びを売る女は大勢いる。

面倒事を避けるために婚約者が……ソフィーアがいるのに、業《ごう》の深い女は関係なしに俺に迫ってきた。香水の臭いを振りまき、濃い化粧で己の顔も心も誤魔化した女共だった。話の内容も国の将来や経済、周辺国との軍事力の差、貴族教育の質に、貴族の間で流行っている金目のもの。誰も彼もが欲に塗《まみ》れながら、第二王子の地位にある俺に媚びを売る。

だがアリスは政治も経済も軍事の話もしない。素敵だ格好良いと俺を手放しで褒めてくれ、優しい所が好きだと無邪気な顔で笑うのだ。

生まれて初めて受けた言葉だった。

母から『愛している』と言われたことがある。だが上辺で言っていることは、どことなく感じていた。父と望まぬ婚姻を強《し》いられ、義務と責任で生まれた俺に愛していると母から告げられても感情が籠っていなかった。

父は俺に王族としてきちんと務めよとしか言わない。朧気《おぼろげ》に父に遊んでもらった記憶もあるが、政治に関連したものだった。幼き頃、父と一緒に馬車に乗り窓から見える王都の光景を見ていた。父のがっしりとした腕が俺の肩に回され、城下の街中を映す窓を指差した。

『ヘルベルト、目の前に広がっている景色の全ては私たちが護《まも》らねばならぬものだ。確りとお前の目と心に刻み込め』

そう告げる父は幼い俺に王族とはなにかを説いたが、城下の街を行き交う人間に感情など湧かない。身形《みなり》は不格好で小汚い者もいる。貧民街に住む者は痩《や》せこけて、俺と同じ人間には見えず、隠れてこちらを見ている同年代の子供の視線が忌《い》まわしい。こんなに沢山いるならば一人二人死んだところでなにも変わらない。まあ、その城下の街に住むアリスと出会ってしまったのだから、きっと運命だったのだろう。

アリスは平民だが、俺の特別だ。何者にも代えられない。

彼女は今、王城の片隅にある幽閉塔に閉じ込められている。俺と俺の側近候補に近づき魔眼で誑かした罪をでっち上げられて……。彼女が俺たちに害をなした訳でもない。王国に異を唱えた訳でもない。

それなのに学院でソフィーアや側近の婚約者たちは揃って声を上げ、アリスから離れるべきだと宣《のたま》う。俺だけではなくアリス本人にも詰め寄り、特進科に在籍する平民の女までアリスに意見し泣かせた。

ソフィーアにも平民の女にもアリスを困らせるなと注意をしたが、反省した様子もなく平然としたままで、なにを考えているのか全く分からない。感情を露《あらわ》にするアリスの方が万倍も良い女だと再認識させてくれたことには感謝するが、彼女を虐《いじ》めて良い理由にはならない。

皆はアリスが魔眼持ちだと主張するが俺を騙《だま》すためだ。そう俺に吹き込めば、俺が抱いているアリスへの愛を疑い、改心すると考えているのだ。

「……必ず、助けるからな」

父が用意した婚約者など知るものか。愛した女一人助けられないで、なにが第二王子だ。しかし彼女をどう助ければ良いのか。城の警備は厳しい。幽閉塔の警備となれば更に警戒している。俺が近づけば近衛騎士や牢を見張る騎士の連中に見つかり、連れ戻されるのが目に見えていた。どうすれば……。

――嗚呼《ああ》、そうか。

アリスが王族を誑かした罪を背負うなら、俺が王族でなければ良い。この国の第二王子の椅子に執着はない。生まれた先が王族で、そうあろうと虚勢を張っていただけだ。

愛している女と平穏に片田舎で暮らすのも悪くはない。嗚呼、そうだ。良い方法があるじゃないか。アレをやってしまえば俺は解放され、彼女も解放されるに違いない。だからまだ我慢をしよう。舞台は俺が謹慎処分から明けたあとに催される行事でやれば良い。

アリスを助けたい衝動に駆られるが、直ぐに行動を起こしても取り押さえられるだけ。城の幽閉塔であれば食事や暇つぶしの本が与えられると聞くから、申し訳ないが彼女には我慢してもらおう。実行すれば衆目に晒され、父も兄も公爵家もソフィーアも目を瞑《つむ》るしかなくなり、俺とアリスの愛が証明される。

「アリス、俺は君を心から愛している。少しの間、耐えてくれ……」

王子の座など糞《くそ》喰らえと窓から叫びたい気持ちを我慢して……俺はベッドに寝転がり、顔を思いっ切り枕に押し付け、高ぶる気持ちを抑えていた。

第二章 ▼ お茶会にて

学院のサロンの一室でソフィーアさまとセレスティアさまの話は続いていた。良い天気だなあと、呑気《のんき》に窓の外を見ている私に二人の視線が降り注ぐ。

「私が主催する茶会に参加してくれないか？」

「立て続けになりますが、わたくし主催のお茶会にも参加してくださいな」

「ソフィーアさま、セレスティアさま。理由をお聞かせ頂いても良いですか？」

嫌ですと言いたい気持ちをぐっと飲み込み問うてみる。最近、お二人や副団長さまに質問してばかりだ。

お茶会は女性貴族の社交の場だと聞いている。流行《はや》りのドレスや品物の情報を集め、貴族の情報を交換し、家同士で対立していればマウント合戦に発展するらしい。社交に縁はないと高を括《くく》っていたのに、飛び込むことになるなんて。

「魔獣討伐からナイの評判が学院の一年だけに留まらず、上級生の間でも噂《うわさ》になっているのだが……」

「ええ。それ以降、わたくしとソフィーアさんが貴女《あなた》の周りを固めていたことで、近寄れないご令嬢方が沢山おりまして——」

確かに魔獣討伐後から学院内でも城でも彼女たちとよく過ごしている。そりゃ、位の高い公爵家と辺境伯家のお嬢さまが側にいれば他の方たちは声を掛け辛い。時折視線を感じていたのはお二人が原因かと納得するものの、どうしてお茶会に繋《つな》がるのだろう。

「お茶会に私が参加することで、なにか意味はあるのですか？」

「あるぞ」

「ありますわよ」

二人の声が同時に響く。私がお茶会に参加することに意味を見出せていないのが不思議なのか、ソフィーアさまとセレスティアさまは微妙な顔をしていた。平民聖女の私が、彼女たちの主催するお茶会に参加しても珍獣鑑賞会になるだけ。仕事の依頼であれば、お金をぶんど……ふんだく……寄付して頂くのだが。

「魔獣討伐の件もあるにはあるが、お前は筆頭聖女候補の一人だろう？」

「ええ。教会関係者から聞き出しましたわ。引退間近の筆頭聖女さまの後を継ぐ有力候補だと聞き及んでいますわよ」

「ありえません。私は平民で更には貧民街出身です。通例では貴族のご令嬢が筆頭聖女に就任なさいます」

外交のために各国のお偉いさんの相手を務めることもあれば、他国へのアルバトロス王国のイメージアップを目的に慰問の旅に出ることもある。国外に出ることはお貴族さまでも滅多にできず、筆頭聖女はステータスとして人気があるのだ。

「通例だろう？」

「ええ、例外は十分にあり得ますわ」

お二人はにやにやという擬音が似合いそうな表情を浮かべ、私は溜め息を吐く。最近はソフィーアさまとセレスティアさまの前では取り繕《つくろ》っていない気がする。嫌がられて距離を置いてくれないかとさえ思うが、彼女たちはメリットがあると言っているから無理かもしれない。

「そもそも背が低くて見栄《みば》えがしないので、選ばれません」

外見も重要視されるから、地味な黒髪黒目のチビですとーんな私は筆頭聖女に選ばれない。選ばれたなら、それはなにかの間違いだ。

「…………扇《おうぎ》で殴っても？」

「誰も見ていないが止めておけ、防がれるのがオチだ。あと聖女を殴るな」

セレスティアさまが額《ひたい》に青筋を浮かべながら物騒なことを言い、ソフィーアさまが息を吐きながら彼女を止めてくれた。セレスティアさまが持っているのは鉄扇《てっせん》なので、受けると死んじゃうから簡単に殴るとか言わないでほしい。無詠唱《むえいしょう》で障壁を張って防ぐけれど。

「ですが彼女、筆頭聖女の価値を理解しておりませんし、周囲の評価も分かっておりませんわよ。

殴りたくなる気持ちを理解させませんと、正直この先が不安ですわ」

筆頭聖女の座には興味がないのです。今のままで十分満たされています。学院に通って勉強ができること、図書棟で本が読み放題な環境は凄《すご》く有難い。ん、あれ、公爵さま……まさか私に教養と箔《はく》を付けるために、学院に通わせたのだろうか。公爵さまのご厚意だと考えていたが、まさか裏があったとは……今頃気付いてしまった。

「それは言えているな」

ふうと溜め息を吐いて片目を瞑《つむ》るソフィーアさまと不満顔のセレスティアさま。お二人で好き勝手言っているが、お茶会の話は良いのだろうか。いや、まあ今の状況を作り出したのは私であるが。

「とにかく、だ。お前さんは筆頭聖女候補の一人であり、魔獣討伐の件で名を上げた。ナイと縁を繋げたい貴族は多くいる。申し訳ないが利用させてもらう」

「ええ。ですが、それでは筋が通りません。貴女にもきちんと益を齎《もたら》すと約束致しましょう。ヴァイセンベルク辺境伯家が貴女の後ろ盾《だて》となることを、父と確約致しましたわ。もちろんハイゼンベルグ公爵家の了承も得ておりますわ」

鉄扇を広げてドヤ顔になるセレスティアさまと、小さく頷《うなず》いたソフィーアさま。マジか。どんどん大事になっているが後ろ盾が増えるのは有難く、厄介事《やっかいごと》に巻き込まれた際は二家を頼れることは大きい。お二人が私を利用したいのは、殿下方のやらかしで不安定になった足場固め。なら足場固めを終えれば私は必要なくなる。

「茶会で必要なものはこちらで用意するし、礼儀作法の講師も寄越そう。講師は必要ない気もするが念のためだ」

作法は教会が仕込んでくれている。その時は何故《なぜ》教わるのか理解できなかったけれど、こうしてお貴族さまとの縁を繋いで己の立場を確保するためか。

「面倒そうな顔をしないでくださいな。聖女となった時点で貴族と関わる覚悟はできていたのでしょう？　ならば利用してやるくらいの気概でいませんと」

セレスティアさまがふふと短く笑って告げる。治癒《ちゆ》の報酬額が良いのはお貴族さまで、私もお貴族さまからは寄付という形で割と法外な値段を頂いている。もちろん教会が設けた値段表に則《のっと》っているが、それ以上に寄付を取る聖女さまもいるらしい。病気や怪我の科学的治療法が確立されておらず、魔術で治せることは奇跡に近い。だからお貴族さまは法外な値段を要求されても、命には代えられないと支払う。

「そうだな。持ちつ持たれつなど甘いことは言わん。私もセレスティアもお前を利用している。だからお前も私たちを利用しろ。その立場は手に入れているからな」

ソフィーアさまが真面目な顔で言い放ったが無理だろう。家の大事なご令嬢をアゴで使えば、公爵家と辺境伯家が黙っていない。その時は晴れて、首と胴体がおさらばである。

「分かりました。お茶会に出席させて頂きます」

「すまないな」

「ええ、申し訳ありませんが、よろしくお願い致しますわ」

仕方ないか。そもそも請われれば断れない立場である。せめてお茶会で残ったお菓子を持って帰る許可を取り付けようと、口を開くのだった。

◇◇◇

ソフィーアさまとセレスティアさま主催のお茶会に参加すると決めた数日後。

——怖《こえ》ええ！

怖いよ、貴族のご令嬢って。扇で口元を隠し綺麗《きれい》に微笑《ほほえ》みながら優雅に茶をしばいているけれど、心の内ではなにを考えているのか分からない。

誘いを了承し、派遣された講師の教習を受け、超高級店でワンピースを数着購入して挑んだソフィーアさま主催のお茶会。本来なら爵位の低い人から着席するのに、ゲスト扱いでソフィーアさまと一緒に公爵家の庭に登場することになった。

席にはセレスティアさまの姿があるので、二人で協議した上での参加だろう。私の知らないご令嬢が三人いらして、侯爵家の方が一名に伯爵家の方が二名いるそうだ。三人とも王立学院を卒業し、伯爵家のお二人はもう少し経《た》てば婚姻するとのこと。侯爵家のご令嬢さまは独り身だと経歴に記されていた。

挨拶《あいさつ》を交わし数度言葉を交わせば、私の対面に座す侯爵令嬢さまが口を開いた。

「あら、このような聖女さまがいらしたなんて。わたくし、聖女として教会に何度も足を運んでいますのに、貴女はきちんと務めを果たしていらっしゃるの？」

彼女はどことなく口調がセレスティアさまに似ている。似ているだけで、声量や迫力はセレスティアさまの方が何倍も上だが。伯爵家のご令嬢二人とは穏便に挨拶を済ませ一言二言交わしたのに、彼女は何故マウントを取りにくるのか。私と縁を繋ぎたいから、お二人を頼ってお茶会を開いてもらったはず。

あ……ソフィーアさまとセレスティアさまの額に青筋が立っている。

私も侯爵家のご令嬢さまが聖女だと初めて知った。王都の教会には序列の高い聖女さまが多く在籍しているが、彼女の顔を見た覚えがない。単にタイミングが合わず、お互いに顔を知らなかったことは置いておき……。

「治癒院の参加と孤児院の慰問に魔物討伐の同行、城の魔術陣への魔力補塡《ほてん》を微力ながら務めております」

学院の卒業生だから、魔獣騒ぎは知らないようだ。貴族のお嬢さまなので外に出る機会が少なく情報が入らなかったらしい。彼女が聖女としてマウントを取るなら、私もマウントを取るまでだ。ソフィーアさまの許可は得ており、侯爵家の聖女さまに対して多少の不敬は許される。

「ああ、そうだな。城でナイを初めて見た時は驚いたよ」

ソフィーアさまが穏やかな声で、私が王城にいたことを証明してくれた。

「魔獣出現の際は命を救われましたわ。ナイの展開した障壁のお陰で、騎士団と軍、学院生から死者が出なかったことは、まさしく奇跡でございましょう」

鉄扇を広げて笑うセレスティアさまと彼女の言葉を聞いてふっと笑うソフィーアさまに、目礼で援護射撃ありがとうございますと伝える。

「……なっ⁉」

侯爵令嬢さまは目をひん剝《む》いて驚いた。情報収集を怠《おこた》るなんてお貴族さまなのに不味《まず》いのではと、ティーカップを持ち上げ紅茶を一口啜《すす》る。伯爵家のお二人は話を知っているようで、ゆっくりと紅茶を飲みながら状況を観察していた。

「城の魔力補塡といっても半年か一年に一度でしょう！　たまたま偶然ソフィーアさんが見かけただけのこと！　それをさも当然のように口にするなんて……わたくし、城の魔術陣へは二ヶ月に一度赴《おもむ》いておりますものっ！」

私は侯爵令嬢さまの言葉に目を見開く。

「っ⁉」

ワタシ、シュウニイチドハオモムイテイマスヨ……。アレ、ナニカガオカシイヨ。

「どうした、ナイ？」

「どう致しました？」

ソフィーアさまとセレスティアさまの声にはっと意識が戻り平静を保つ。

「い、いえ。なんでもありません」

ま、まあ個人が持つ魔力量や回復量の差で城の魔術陣へ赴く回数は異なると聞いている。私の補塡回数が多い気もするが、お腹《なか》が空き眠くなるのと疲れるくらいで、お給金が出るので問題はないはず……。

「体調が悪いなら直《す》ぐに言え、途中退席しても問題にならない。無理はするな」

「ええ、無理はよくありませんわ。しかしナイ、貴女はどのくらいの頻度で城へ赴いているのですか？」

セレスティアさま、流れた話題を掘り返すのですね……。いや、これワザとかもしれない。天然とか無自覚なら、それはそれで凄いけれど。

「週に一度、城に赴き補塡を務めております」

無言を貫き通す訳にはいかず、素直に答えた。

「なっ、嘘《うそ》でしょう!?　魔力補塡を週に一度のペースで貴女は行っているの!?」

侯爵令嬢さまは声を荒げて問い、私は正直に頷く。

「どうして、そんなに余裕なのですか!!」

疲れはするが、前にブラック企業で働いていた時よりマシである。

「補塡後は二、三日寝込んでしまうのが普通です！　それを一週間に一度の頻度で補塡なんて異常ですわ!!」

ガタリと音を立てて椅子《いす》から立ち上がる侯爵令嬢さま。テーブルに手を思いっきり叩きつけたので、ティーカップの中身が零《こぼ》れている。お貴族さま的に今の行動はどうなのだろう。

「わたくしは魔力量が多いと聞き及んでおります。ですから他の聖女さまより補塡の回数が多いのは必然かと。魔力の回復も他の方々より早いと聞いておりますから」

この辺りが彼女と違う所だろうか。

「自慢ですか!?」

「そのようなことは……」

できることをそれぞれがやれば良いだけの話だ。国でも教会でも会社でも、組織が命令し各自が適材適所に配置される。回数のマウントを取っても意味はない。

「もう止めておきましょう。口論しても事実は変わりません」

丁寧な口調のソフィーアさまに違和感を覚えながら、侯爵令嬢さまに視線を向けると顔が真っ赤になっていた。

「……っ!! 今日のところはお暇《いとま》致しますわっ! 申し訳ありませんが気分が優れないもので、お先に失礼致します!!」

そう言い放った侯爵令嬢さまは踵《きびす》を返して庭をあとにした。良いのかなあ。普通は主催者が解散を宣言してお開きとなるのだが。体調不良のようだったし、大丈夫かなと主催者さまの顔を見る。

「…………ふ」

怖ぇええええ！　怖い、ソフィーアさまの顔。許可なく侯爵令嬢さまが退席したことに腹を立てているのか、尋常でないオーラを放出している。

「愉快な方ですわねえ。お二人も、あのような軽率な行動を取らないようにお気を付けくださいませ」

伯爵家のご令嬢二人に釘を刺すセレスティアさま。彼女も何故か凄いオーラを発して怖い。妙な空気が流れ、暫《しばら》く経つと解散となる。

あ、余ったお菓子はきちんと頂きました。いくらでも持って帰って良いと言ってくださった主催者さまのご厚意に、私は遠慮なく甘味を袋に詰め込んだ。

◇◇◇

ヒロインちゃんの魔眼解析のために魔術師団副団長さまから、魔眼の効果抑止として呼ばれることと数度。なかなかに騒がしい日々を送っている。そんな中、ソフィーアさまのお茶会の暫くあとにセレスティアさま主催のお茶会に参加していた。

「領内で魔物が出まして……」

「我が領もですわ。最近、民から討伐依頼が増えて困っております」

王都にある辺境伯邸の庭で、ご令嬢方が神妙な顔を浮かべて話し込んでいた。集まったご令嬢方は、ヴァイセンベルク辺境伯領に隣接している領主の娘さんとのこと。魔物の話が主題になっており、私は私で魔獣討伐のことを問われ、素直に事実のみを答えていた。暫く経つと、とあるご令嬢が私の護衛で付いてきたジークとリンに目を付け、熱い視線を彼らへ向けていた。

「聖女さま。聖女さまの専属護衛を私に譲って頂けませんか？」

にっこりと笑いながら扇で口元を隠したご令嬢さまが告げ、私も笑みを携《たずさ》えて口を開く。

「彼らは教会に所属し、教会の命でわたくしの護衛を担《にな》っております。二人をお望みであれば、教会を経由して打診をお願い致します」

ジークとリンが私の護衛に就いているのは彼らの意志が大きいけれど、対外的には教会が私に就けた専属護衛である。実力がなければ聖女の護衛任務に就くことはできず、厳しい審査がある。教会も、魔物討伐や国内外からの嫌がらせで聖女を死なせたり逃したりしないように努力しているためだ。

「なるほど、聖女さまには愚問でした。後日、教会を訪ねてみましょう」

ふふと笑いながら告げるご令嬢さま。高身長な美男美女を侍《はべ》らせられると胸を高鳴らせているのか、青筋を立てているセレスティアさまに気付かなかった。

「面白いことを仰《おつしや》いますわねえ、そこのアナタ。彼らは聖女さまに忠誠を誓う騎士。くだらぬ下心で邪魔立てをするのなら……わたくし、セレスティアが全力でお相手致しますが、どうなさいます？」

セレスティアさまがご令嬢さまに圧をかける。彼女のオーラに気圧《けお》されたご令嬢さまは、お茶会の間肩身の狭い思いをしながら時間が過ぎるのを待っていた。やはりお貴族さまの空気には慣れることはないと、二度目のお茶会に参加した感想だった。

◇◇◇

王城の自室の扉からノックの音が二度鳴り、入室の許可を騎士が求めてきた。入れと告げれば、近衛《このえ》騎士が扉の前に立ち敬礼を執《と》る。

「ヘルベルト殿下。ただいまの時刻をもって謹慎処分が解かれ、居室から出ることが可能になります」

俺に下されていた一週間の謹慎処分が明けた。これでようやく、幽閉塔にいるアリスに会いに行くことができる。不便を強《し》いられていないだろうか。怖い思いはしていないだろうか。食事はきちんとしたものを出されているのだろうか。アリスへの思いは止まらず、今からでも会いに行きたいと願っているのに、報告にきた騎士は俺の部屋から出ようとしない。

「……用が済んだなら早く出て行け」

「申し訳ありません。今から殿下との面会を望まれている方がいらっしゃいます」

用があるなら即座に口にして、俺のもとから去れば良いものを……どうしてこう形式を重んじるのか。小さく舌打ちした俺は誰が面会を望んでいると騎士に問えば、祖父が会いたいと部屋の外で待っているとのこと。

祖父なら断る理由はないと了承し、人払いされた部屋で暫く待っていた。またノックが二度響き、騎士の取次を経てやってきたのは母の父……俺の祖父が現れる。

彼は俺の様子を気にして度々面会に訪れてくれる。その度に学院のこと、婚約者のこと、ハイゼンベルグ公爵家のこと、アリスのこと、父や正妃、母と兄のことを話していた。俺の話を気さくに聞いてくれる貴重な存在だ。

「久方振りだな、ヘルベルト。やんちゃをして少しは男前になったか？」

笑みを携えた祖父がゆっくりと歩いて俺の前に立つ。祖父は伯爵家の当主として忙しいだろうに、謹慎明けになる俺の様子が気になり城まで足を運んだようだ。学院の合同訓練の前に会っているのに、もう何年も顔を合わせていない気分になる。俺にとって彼はなんでも相談できる相手であり、導き手であった。

「男前になど……騎士や軍の者たちは俺の言うことを一切聞かず、アリスを拘束し幽閉塔に閉じ込めました。父もハイゼンベルグ公爵も誰も彼もがアリスを悪者にするのです!!」

アリスへの気持ちが溢《あふ》れ、語気が荒くなってしまった。俺は彼女を助けたい一心で父に解放するように願い出たが一蹴《いっしゅう》されている。勝手な行動で王族と貴族を危険に晒《さら》した上に魔眼持ちだから、と……。何故、素直で可愛《かわい》いアリスが幽閉されなければならないのだ。

「確か、お前が好いた女だったな」

険《けわ》しい顔の祖父の言葉に確《しっか》りと頷き、アリスへの愛を証明する。すると祖父は俺の肩を軽く叩いて、ふっと軽く息を吐いた。

「なに、騎士団と軍は放っておけば良い。幽閉塔からアリスとやらを助け出したいなら、時間は掛かろうがお前が玉座に就けば良い」

片手を広げて俺を諭《さと》す祖父は、玉座を得ろと告げる。俺を信頼して高みを目指せとしきりに言う祖父の気持ちは有難いことではある。あるのだが……第一王子の兄がいて、第三王子もいる。唯一の側妃の子である俺が玉座に就く可能性は低い。

「俺は王になる気はありません。王族の地位ですら興味はないのです……ただアリスと一緒に幸せな蜜月をずっと続けたい。俺の願いはそれだけです」

問題発言だと自覚しているが、俺が信頼している相手なので大丈夫だ。しかしアリスを救い出すためには、俺の力だけでは足りないのは分かっている。前にアレをやってしまえば良いと考えたが、成功する保証はなく博打《ばくち》を打つようなものだ。

「……そうか。なら、ヘルベルトはどうするつもりなのだ？」

祖父がゆっくりと目を閉じた後にまた目を開いて俺を見る。父や兄が今の俺の言葉を聞けば、即座に馬鹿《ばか》なことは止めろと説得する。だが祖父は俺の意思を尊重し、俺の考えを認めてくれる。嗚《あ》呼《あ》、やはり祖父は俺の味方なのだ。幼い頃から俺の話を聞いてくれ、俺のことを認めてくれる。一つ、彼の駄目な所は玉座を得ろと口癖のように告げることだ。でも、それだけ。

父より信頼でき、母より俺に情を傾け、兄より兄のようで、婚約者のソフィーアより俺を理解してくれていた。

「他言はしないでくださいね……」

「よかろう。誰でもないヘルベルトだからな。男と男の約束だ、黙っておこう」

俺の真剣な声に祖父は神妙に頷く。ごくりと喉《のど》を鳴らした俺が建国祭で実行すべくことを語れば、彼は否定も賛成もせず真顔になった。

「本当に行動に移すのか、ヘルベルト」

「はい。俺はアリスを助けるためにやり遂げなければ。全てを犠牲にしてでも!」

俺の決意を聞いた祖父は、腰に両手を回して難しい顔になる。

「お前が考えていることは無謀だ。平民の女一人を助けるために、今の地位を捨てるなどと……」

祖父は俺から視線を外して歯噛《はが》みしていた。彼は俺にずっと玉座を目指せと諭していた。自身の願いが叶わないと知り、並々ならぬ思いを抱えているのだろう。だが俺はそれでもやり遂げなければならない。愛する女を助けられない男に価値はない。

「男の目をしているな、ヘルベルト。ならば……」

祖父は口の中からなにかを取り出し俺の前へと差し出す。差し出された彼の手の上には小さな魔石が一つ乗っていた。

「まずはお前の婚約者であるソフィーア・ハイゼンベルグとの関係を改善しなさい」

「な、なにを言います！　何故、口うるさいだけの女を俺が相手にしなければならないのです！」

祖父の言葉につい反論をしてしまった。ソフィーアは面倒な女で、男の俺に一から十まで口を出す。報告書の記し方がなっていない、立ち振舞いが完璧ではない、言葉遣いまで指示を出してくる。何故、婚約者でしかない女に王族の俺がそこまで言われなければならないのか。

「ヘルベルト。愛する女を助けたいなら私の話を聞け。……お前の評価は地に落ちている。ならば改心した振りをして足場を固めていけ。周囲を欺《あざむ》き、最後にお前が笑っていれば良いだろう？　想像してみろ、お前の父や正妃が悔しい顔を浮かべている姿を……！」

何故、俺の評価が落ちているのだ。愛している女と一緒にいてなにが悪い。ソフィーアよりも何万倍もアリスには価値がある。でも、愛する彼女を解放して俺の自由にできるなら。いつも俺に口煩《うるさ》い連中を黙らせることができるなら……！

「貴方《あなた》の言葉を信用して良いのですか？　アリスを助け出せますか？」

「ヘルベルト、私を信用しなさい。さすれば可能性は高くなる。確実に……！」

真剣な瞳を向けた祖父は言葉を続ける。

「大きな声では言えぬがな……――」

俺の耳元で建国祭でのアレの成功率を上げる秘策を伝授してくれた。

「お前に預けるものは、幽閉塔に捕らえられた姫を助け出せる代物ではない。くれぐれも忍び込んで助けようなどと考えるな……私を信じなさい。さすれば、ヘルベルトの願いは成就し必ず幸せになれる」

彼の言葉に力強く頷き、手のひらから魔石を取って自分のポケットに忍ばせる。俺の肩を一度軽く叩いた祖父は部屋を出て行った。

俺は今この時から、反省したと態度を改め周囲を欺こう。愛する女を助けるためならば、どんな嫌なことでも我慢できる。ポケットの中の魔石を取り出して視線を落とす。小さな黒い魔石には多大な魔力が宿り、持ち主の魔力を増幅してくれる。建国祭まで誰にも気付かれないように魔石を管理しなければと、祖父と同様に自身の口の中に魔石を隠すのだった。

謹慎処分の明けた殿下とソフィーアさまが一緒に学院へ登校した。いつも別々で登校していたお二人を見て驚いていた特進科メンバーは、数時間経《た》ってようやく平静を取り戻し、今までの騒ぎが嘘《うそ》のように静かで凪《な》いだ時間が流れている。殿下の側近四名も謹慎が明け学院に登校していた。

翌日。授業合間の休み時間、次の講義の準備をしていると、ふと影が差す。

「……おい」

「はい？」

仏頂面《ぶっちょうづら》を引っ提《さ》げて赤髪くんが私の机の前に立っていた。どうしたのかと顔を上げると同時に椅子《いす》から立ち上がる。

「マルクスさま！　紳士として女性に声を掛ける方法は、もっと良いものがあるでしょう！　第一声が『おい』とは何事です!!」

ばしん、と良い音が鳴る。いつの間にかセレスティアさまが立っており、教室中にお叱りの声が響いた。

「痛《い》てえっ!!　セレスティア、なんでいつも俺を叩く!!」

彼女の鉄扇《てつせん》で肉付きの良い場所をシバかれた赤髪くんは、二の腕を押さえて顔を歪《ゆが》ませていた。

遠慮のない彼女の攻撃に苦笑いを浮かべ、何事だろうと夫婦《めおと》漫才が終わるまで待つ。

「貴族の立ち回り方が全くなっていないからですわ！」

「なっ！　なんで俺が平民に気を遣う必要がある!!」

「彼女は平民ですが聖女です！　それも国の障壁を維持するために身を捧げている方々の一人ですわ。敬意を持って接するのは当然でございましょう！」

彼女はあまりに謙《へりくだ》るのは貴族として問題だが、国に貢献している人間を粗雑に扱っては駄目だと言いたいらしい。尊重してくれるのは有難いけれど、結局のところ、彼はどうして私に話しかけてきたのだろう。そろそろ授業が始まるから話を済ませた方が良いのに、突っ込めないので待つだけである。

「とりあえず、自己紹介と名前を呼ぶことの許可を出しなさいな。彼女はマルクスさまの名を呼ぶことを許されておりませんもの」

ふうと小さく息を吐くセレスティアさま。お貴族さまと平民の間では見えない壁があるから、一手間掛けなければならない。

「は？　アリスは俺たちのことを名前で呼んでいた。それに、こいつのために初日に自己紹介をした。それを覚えていない方が問題——痛ってぇ!!」

またセレスティアさまにシバかれるマルクスさま。許可がないまま名前は呼べません。最近二人のやり取りが日常化して、他のクラスメイトは見て見ぬ振りだ。辺境伯令嬢さまと伯爵家子息さまなら、どちらが上かなんて一目瞭然《いちもくりょうぜん》で誰も止めないだけだが。

「――……あら、まだアレの話を持ち出しますか？」

セレスティアさまの言葉のあとに空気がずんと重くなる。あー……彼女が魔力で威圧しているようだ。

「い、いや……うっ、その、すまん……」

流石《さすが》に今の発言は不味《まず》いと感じて、赤髪くんがセレスティアさまに謝罪した。完全に尻に敷かれていて、彼がストレスで禿《は》げないか心配になってくる。

「アンタに話したいことがあって声を掛けた。マルクス・クルーガーだ。マルクスで構わん、呼べ」

不服そうに言い放つ赤髪くん、もといマルクスさまに礼をして私も名乗ると、セレスティアさまが目を細めて声を上げる。

「……はあ。もう少し言い方を考えればよろしいのに。まあ、マルクスさまですもの、仕方ありません」

閉じていた鉄扇を広げて口元を隠し、こちらに向く彼女。目が笑っておらず怖いけれどセレスティアさまと視線を合わす。

「ナイ、どうしようもない方ですが裏がある方ではないと、わたくしが保証致します。貴女《あなた》に失礼な態度を取ったことを水に流せ……とは言いませんが、伯爵家から再教育もされますのでどうか長い目で見てくださいませ」

「以前にマルクスさまから謝罪は頂いておりますので、お気になさらず」

「まぁ、そんなことが！　あら、どうしましょう。明日は雪でも降るのかしら？」

セレスティアさまは目をまん丸にして驚き、まじまじとマルクスさまを見る。今の時期、王都に雪が降ることはない。大陸北部であれば雪は残っているけれど、アルバトロスは温暖な地域なので雪はなかなか降らない。王都の貧民街で生き延びられた理由の一端がここにあった。

「セレスティア……俺の扱い、もう少しマシにしてくれても良いんじゃないか？」

彼女の機嫌を窺《うかが》うようにマルクスさまが恐る恐る言葉にする。

「は？」

またセレスティアさまが魔力で威圧している。空気が重くなるので止めてほしいのに無自覚だろうか。上級魔術が使えるとちらりと聞いたので、彼女の魔力量は多いのだろう。でなければ圧を感じるほどに魔力が流れる訳がない。

「い、いや。なんでもねえ……」

鋭いセレスティアさまの視線がマルクスさまに刺さると彼が怯《ひる》んだ。こりゃもう逆らうことなんて夢のまた夢だし、待遇の改善も遠い未来ではなかろうか。まだ本題に入らないのかと溜め息を吐きたくなるが、あからさますぎる言動は彼女の怒りを買うから我慢だ、我慢。

「親父《おやじ》からだ。これをアンタの騎士二人に渡してくれ」

耐えていると、マルクスさまが懐《ふところ》から一通の手紙を私に差し出した。裏には伯爵家の紋章入りの封蠟《ふうろう》が施《ほどこ》されているから、クルーガー伯爵さまからというのは本当だろう。何故《なぜ》伯爵さまがジークとリンに用があるのか疑問だが、二人に宛てた手紙なら私はメッセンジャーとして、預かり物をきちんと送り届けなければ。

「承知致しました。授業が終わり次第、ジークフリードとジークリンデに渡します」

「ああ、頼む」

手紙を受け取ればそそくさと私のもとを去るマルクスさまと、彼のそっけない態度を咎《とが》めるセレスティアさまの背中を見送る。

封蠟が施された手紙を切っ掛けに、少しばかりの波乱が起こり巻き込まれてしまうのは神さまの悪戯《いたずら》だったのだろうか。

◇◇◇

授業の終わりを告げる鐘が鳴る。先ほどマルクスさまから預かった手紙をジークとリンに渡そうと、席を立って廊下に出る。綺麗《きれい》に磨かれている床にローファーの靴底が当たり軽快に鳴る音を耳にしながら、特進科の校舎を進み中庭へと出た。一定間隔に置かれているベンチは良い素材を使って装飾も凝《こ》っている。花壇も職人さんが手を入れて、春に咲く花から初夏に咲く花へと植え変わっていた。

ゆっくりと歩くのは久方ぶりだった。空気を肺いっぱいに取り込みながら、騎士科と魔術科の校舎へと辿《たど》り着く。目的の人物を見つけるべくきょろきょろと騎士科の廊下を進む。騎士科は二クラスあるのだが、ジークとリンはどちらに編入されたのだろう。聞いておけば良かったと反省しつつ、片方の教室を覗《のぞ》き込むと二人を見つけることができた。実技で訓練場へ赴《おもむ》いて教室に誰もいないこともあるので、直《す》ぐに見つけられて運が良かった。

「ジーク、リン」

教室の中に入るか迷い、出入り口の前で声を上げた。お貴族さまの多い特進科より賑やかで、私が声を上げたことを気にする人はいなかった。ジークとリンが席から立ち上がり、私の下へとやってくる。

「珍しいな、ナイが騎士科まで足を運んでくるのは」

「ね。なにかあったの？」

柔らかい顔で私を見下ろす二人。騎士科の教室は特進科の教室よりも質素というべきか。飾り気があまりなく、学校らしい雰囲気だった。

「渡したいものがあって」

「？」

「？」

私の言葉にジークとリンが小さく首を傾《かし》げる。学院にいる間は昼休みしか合流することがなく、渡したいものがあれば教会の宿舎でやり取りするのが常だ。二人が首を傾げた角度と方向が全く同じである。流石双子と笑いながら、マルクスさまから受け取った手紙を二人の前へ差し出した。

「これ、ジークとリンに。クルーガー伯爵さまからだって」

「何故……俺たちに」

「……うん」

ジークとリンは私が差し出した手紙を受け取らないまま固まった。クルーガー伯爵との繋《つな》がりはなく彼らの困惑は当然だ。でも切っ掛けのようなものはあった。殿下たちに初めて詰め寄られた時だ。お貴族さまは平民なんて気にも留めないのに、マルクスさまが二人のことを気にした様子を見せていた。だからなにかある。その証拠に今、手紙が届けられているのだから。

「中身を確認して、考えるのはそれからでも良いんじゃない？」

そう告げて二人に手紙を近づけると、ジークがようやく受け取った。

「そう、だな。宿舎に戻って確認してみる。内容次第では教会と公爵さまを頼るかもしれない」

珍しく歯切れの悪いジークに嫌な予感がしつつ笑《え》みを浮かべる。まだ伯爵さまの手紙の内容は分からないし、事態を重く受け取るには早い。

「ナイ。悪いが、この手紙は持っていてくれ」

ジークが真剣な顔で、手にしていた手紙を私へ向ける。

「構わないけれど、どうして？」

「ナイが持っていた方が安全だ。面白半分で中を見る奴がいてもおかしくはない」

「どっちが持っていてもあまり変わらないけれど……分かった、預かっておくね」

次の授業もあるので時間を使う訳にはいかず、ジークから伯爵さまの手紙を受け取って踵《きびす》を返した。ジークの心配性に苦笑いを浮かべながら、特進科の教室を目指す。治安は騎士科より特進科の方が良いけれど、流石に警戒しすぎのような気がする。でも、誰かに面白半分で手紙を開封されて怒られるのは、開けた本人と管理を怠《おこた》ったジークとなってしまうから、私が持っていた方が良いのかと一人で納得したのだった。

——放課後。

授業が終わり三人で馬車に乗り込み教会の宿舎へ戻って、伯爵さまの手紙の確認が最優先だと、教会の人からペーパーナイフを借り、二人と一緒に自室へと戻る。ジークとリン宛の手紙だから部外者である私が見てはいけないと、自室を出ようとすればジークの腕が私を遮《さえぎ》った。

「悪い。ナイもいてくれ」

「ジークとリン宛の手紙だから、私が見ちゃ駄目だよ」

「大丈夫、気にしないから」

いや、リン。そこは気にしよう。個人に宛てた手紙だし、ジークとリンに向けた内容を私が知ったとなれば伯爵さまから怒られてしまう。

「ナイが手紙の内容を知って不味いものだったなら、黙っておけば良い」

「うん。そうだね、兄さん」

うぐ。一応手紙の内容は気になっているし、私たちだけで手に負えない内容なら教会と公爵さまに助力を願うしかない。ジークとリンが私に影響が及ぶと判断すれば教えてくれないし、内容は一緒に確認した方が得策か。

「分かった、見る。ただ面倒なことならジークが言うように公爵さまと教会を頼ろう。お貴族さまのことはお貴族さまが一番理解しているから」

「ああ」

「うん」

そうしてジークがペーパーナイフを手に取って中身を取り出す。少し緊張した様子の二人を眺めていると、ジークが手紙に目を通してリンへと渡す。彼女が読み終わり私へと回ってきたので、紙に視線を落として綴《つづ》られた文字を目で追う。

——ジークフリード、ジークリンデ。我が愛《いと》しい子たちよ……辛い思いをさせてすまない。

上手とは言い難い文字で書き出しはそう記されていた。あとはお察しで、愛人との間に儲《もう》けた子を手放し、母親も見捨てなければならなかったこと。息子であるマルクスさまから伯爵さまとそっくりな双子が学院にいると伝えられ、生き別れた二人にどうしても会いたいと書かれていた。伯爵さまの後悔の念が綴られているが、捨てられたジークとリンはたまったものじゃない。

「これって……ジークとリンがクルーガー伯爵さまの子供ってこと、だよね……」

「みたい、だな」

「……」

いきなり現実を突きつけられた。二人の燃えるような赤い髪を見ながら、どう対処すべきか考える。しかし私の意思や考えよりも、ジークとリンがどうしたいかが一番大事だ。

「ジークとリンは伯爵さまと会うの？」

二人は伯爵さまに会いたいのだろうか。伯爵さまが二人に会いたいなら、部下に命じジークとリンを強制的に伯爵家へ連れていくことができる。強硬策に出なかったのは、二人の心象を悪くしないためだろう。

「……父親と名乗り出られても、受け入れられない。母さんが死んで連絡もなにもしなかった奴に今更父親面《づら》をされたところで、な……」

記憶を掘り返す。ジークとリンが貧民街に現れたのは、七歳くらいの頃だ。お母さんが病気で亡くなり、家主から家を追い出され貧民街に辿り着いた。ジークと貧民街仲間の一人が盛大な喧嘩《けんか》を繰り広げている中、私がリンに声を掛けたのが最初になる。それからずっと彼らと離れないまま一緒に過ごしている。

「うん。私と兄さんの今の家族はナイたちだけ」

ジークとリンは複雑な顔で私を見る。

「でも伯爵さまの〝お願い〟を断る訳にはいかないよね」

手紙にはジークとリンに会いたいと書かれていた。可能なら息子のマルクスさまに伝えてくれ、と。落胤《らくいん》話に伯爵家嫡子《ちゃくし》のマルクスさまを巻き込んでしまって良いのか分からないが、継承問題を引き起こす可能性を考えられないほどに伯爵さまは真剣なご様子だ。

「そうだな。選択肢を与えられているが俺たちに選ぶ権利はない」

「だよね……もう一度訊《き》くけど、ジークとリンはさ、お父さんに会いたいの？」

難しい顔をしているジークに、なるべく軽い調子で問いかけた。

「……伯爵さまが父親だとまだ決まった訳じゃない」

「でも、二人が伯爵さまとそっくりって知ったから手紙を寄越しているよね？」

噂《うわさ》を立てられれば困るのは伯爵さまだ。本当にジークとリンが伯爵さまの落胤なら社交界で恰好《かっこう》のネタになり、尾ひれ背びれの付いた噂が流れることだろう。

「まだ伯爵さまの顔を見ていないからな……なんとも言えない」

「まあ、たまたまジークとリンに似ているって可能性もあるから。困ったね……」

三人で悩んでも答えが出るはずはなく。

「だな」

「兄さん、どうするの？」

悩んでいる素振りを見せている二人の会話を聞きながら今後のことを考える。ジークとリンが伯爵さまの実子なら、伯爵家の籍に入って家名を名乗れる。伯爵家の人間として振舞うのは大変だが、家名を持っていない平民よりずっと待遇は良くなるはず。

「……正直、今更だ。父親に興味はないが……会っておかないとなにを言われるか分からないし、なにをされるのかも分からない……」

私たちが伯爵さまの情報を持っているはずはなく、彼の人となりが分からない。断って逆上されたら困るし、ジークが言っていることは理解できる。

「じゃあ会うの？」

「ああ。ただ教会には相談する。勝手に会って、おかしな事態になってから連絡するより心象は良いはずだからな」

ジークの言葉を聞いて、私もできることをやるべきだと口を開いた。

「伯爵さまがどんな方か分からないから、私は公爵さまに連絡しておくね。私の後ろ盾《だて》だし、伯爵さまの情報を頂けるかも」

「すまん、頼む」

「ん。話が片付いたらみんなで美味《おい》しいもの食べに行こう」

久方ぶりに貧民街時代のみんなを集めて美味しいと噂のお店に食べに行くのも良いだろう。学院に通っているから集まる機会が減っているが、それぞれの道へ進んでいる証拠だ。食べることに比重を置くのは、年中欠食生活を経験したせいだ。娯楽が少なく、今も食べることが私たちの楽しみだ。

「だな」

「うん」

緊張していた空気が弛緩《しかん》して、いつもの空気に戻った部屋。

「ねえ、ジークとリンは騎士科の人たちと上手くやれているの？」

騎士科の教室へ向かった際に二人は一緒にいたけれど、誰かとつるんでいる様子はなかった。そのことが心配になって問いかける。

「……ああ、それなりに」

「……」

少し言い淀《よど》んだジークと無言のままのリン。

「言い掛かりとか付けられてないよね？」

「…………ああ、大丈夫だ」

「…………」

どんどん雲行きが怪しくなってきている。今の二人の態度から、騎士科の人たちに難癖を付けられているのではと勘ぐってしまう。

成人前に教会騎士となり聖女の護衛に就くのは異例だ。私も十歳から聖女として活動しているので、稀有《けう》な立場だけれど。子供でお貴族さまでもない奴が聖女の護衛なんて……と大人から言い掛かりをつけられることもある。軍と騎士団の方たちに『黒髪聖女の双璧《そうへき》』と名前が売れるまで、二人は大変な思いをしていた。

あれ……？　やっぱり伯爵家の恩恵があった方が、ジークとリンにとって得になるのではと改めて考える私であった。

◇◇◇

——クルーガー伯爵がジークとリンに会いたがっている。

意訳だけれど、公爵さまとやり取りしている手紙にそう書き込めば、即行で返信があった。ジークとリンの意思が大事だから、強引に伯爵さまが行動を起こすなら連絡を直ぐ寄越せ、ジークとリンが伯爵家の籍に入るなら貴族間のバランスが崩れる可能性もあるから慎重に行動しろと記されていた。

クルーガー伯爵夫人からすれば自身が産んだ子を嫡子に据えているのに、愛人の子が今更その座に就けば、伯爵夫人としてのプライドが許さず激怒するだろう。家庭崩壊の危機もありうるし、妙な事態にならなければ良いが。

「ジーク、リン。公爵さまからの返事がきたよ」

夜、教会宿舎の私の部屋で勉強をしようと集まっていたので、一段落がつき話題として丁度良いと言葉を二人に投げたのだ。

「公爵さまはなんと？」

「会うだけなら大丈夫だって。でも伯爵さまが妙な話とか行動に出れば、一旦保留にして持ち帰って公爵さまに相談しなさいって」

「だが、伯爵が無理矢理に話を詰めてくる場合もある。――その時は……」

平民はお貴族さまに逆らえないので、伯爵さまが強硬手段に出る可能性はあるけれど、今回は大丈夫だろう、多分。流石に会いたいと乞《こ》うている相手に無理強《じ》いすると心象が悪くなる。関係を良好にしたいなら下手な行動には出られないし、伯爵夫人の抑止力もある。それでもなにかあれば……。

「公爵家の名前を出しても良いって」

「そうか。なら、ある程度はどうにかなるな」

うん。ハイゼンベルグ公爵家の名前を出せるなら、伯爵さまも無茶はできまい。安堵《あんど》したように息を吐いたジークは目を伏せる。睫毛《まつげ》が長くて大人っぽいなあとジークとリンを見るが、彼らはまだ十五歳で多感な時期だと思う。

今更、親だと名乗り出られても困るだけ。既に教会騎士として働き生活は安定している。学院に通っているのは公爵さまの厚意を断れなかったのと、通うなら目的をきちんと持って学ぶと決め、将来に役立てようと三人で相談した結果だ。

「ナイ？」

「ん、リン。どうしたの？」

リンは椅子に座っているのに立っている時と同様に、私が彼女の顔を見上げる形になる。

「どうしたのって、ナイの方がどうしたの？　変な顔してる」

首を傾げた私に、リンが補足し苦笑する。どうやら考え込んでいたらしい。

「二人が幸せなら伯爵さまの所に行くのもアリなのかなーって」

私は前世も孤児で施設育ち、今世も孤児で親の顔は知らず、両親の愛情なんて一ミリも分からないけれど……血縁者……本当の家族ができるのならば、それも良いことでは？

街で見かけた親子が仲良さそうに手を繋いで歩いていたり、一緒にご飯を食べている場面を見れば、良いなあと感じることがある。伯爵さまが家族としてジークとリンを迎え、大事にしてくれるなら問題ない気がする。

「え？」

「ナイ……」

驚いて抜けた声を上げるリンと私の名を呼んだジーク。

「家名を名乗れたらやっかみは収まるし、今より良い生活ができるよ」

ぶっちゃけ教会宿舎は寒い時期になると隙間《すきま》風が入る。伯爵邸はきちんとしたお屋敷だから、教会宿舎より環境は数段上だ。自立しているから侍従や侍女の手は必要ないけれど、手伝ってくれるならそれはそれで楽だろう。自分ができることを他の人に担《にな》ってもらうのは気持ち良いと言われているのだから。

「ナイを……みんなを置いて俺たちだけが行けるはずがないだろう！」

「そうだよ。ナイを放って兄さんとだけ行っても意味ないよ！」

二人が本気でキレてる。リンが感情を荒げるのは珍しい。それほど彼女の逆鱗《げきりん》に触れるものだったのか。

「でも、お貴族さまの恩恵を受けられるのは良いことじゃない？」

それなりに振舞わなければならないが、二人は教会騎士の教育を受けているから問題ない。パーティーや夜会に出るなら、社交を学ぶ必要があるけれど。ふいにリンの顔を見やると、怒りの感情を灯《とも》していた。

「そんなのいらない！　そんなものがなくても生きてきた！　みんなと一緒に、どうにかして乗り越えてきた！　それを、それを……！」

座っていた椅子を飛ばしながら立ち上がったリンは部屋から出ていく。

「ちょ、リンっ！」

リンへ背中越しに声を掛けても無視され、自分の部屋に戻ったようだ。少し遅れて扉の閉まる音がこちらまで聞こえてきた。

「……ナイ……もう少しリンの気持ちも考えてやれ。俺とナイみたいに物事を広く見るには、アイツはまだ少し時間が掛かる」

ジークは深い息を吐いて、片手を顔に当てる。彼も随分と頭にきていたようだけれど、リンが先に怒ったことで熱は冷めたようだ。

「ごめん。あそこまで怒るなんて考えてなかった」

「暫《しばら》く機嫌が悪いぞ、リンは」

また溜め息を吐いてリンが倒した椅子を元に戻すジークに、後ろ手で頭を掻《か》きながら苦笑いをする。リンがあそこまで怒るのは本当に珍しかった。

「ちょっとリンの部屋に行ってくる」

「ああ、頼む」

そう言ってジークと一緒に部屋を出て、私はリンの部屋の前に立つ。木製の扉を二度ノックしても返事はない。仕方ない勝手に入るかと、ドアノブに手を掛けて回せば蝶番《ちょうつがい》の軋《きし》む音が鳴る。普段よりゆっくり開けた扉の先……真っ暗な部屋の中で、ベッドの上がこんもりと盛り上がっているのが、まだ暗闇《くらやみ》に慣れていない目でも捉《とら》えることができた。

「リン、入るね」

「……」

沈黙を保ったまま、寝てはいないようだ。私の声に反応して、盛り上がっている掛け布団が少し動いたから。

「座るよ、リン……よいしょっと」

ぎし、と私の体重でベッドが沈む音が鳴ると、もぞりと動く塊《かたまり》は布団の中に潜ったままで出てくる気配はない。その姿に苦笑を浮かべ私は体をよじり、布団から少しはみ出ている彼女の頭に手を置いた。リンは喋《しゃべ》る方ではなく、私たちの会話を咀嚼《そしゃく》するように静かに聞いていることが多い。それに部屋から出て行ってしまった気まずさもあるのだろう。

「正直、リンがあんなに怒るなんて驚いたよ。二人が伯爵さまの家の子になっても、私と離れることはないって考えてた……だって、ジークとリンは私の護衛騎士だからね」

聖女の護衛を続けるなら、クルーガーの名は良い盾となってくれる。

「私は伯爵さまの籍に入っても問題はないかなって」

伯爵さまに悪い噂があるならば、止めておけと公爵さまに忠告されるはず。それがないのは『個人』としても『伯爵』としても問題はないのだろう。

「私の側にいれば学院で……多分、卒業してからもジークとリンが他の人に絡まれることがいっぱいあるから」

「…………」

リンの頭を撫でていた手をゆっくりと離して、もう一度口を開く。

「でも、それって私の勝手な考えに過ぎないから。リンとジーク、二人で考えて答えを出さないとね。私は二人が出した答えならどちらでも肯定するよ。……言いたいことは伝えたから、おやすみ、リン」

ベッドから立ち上がろうとした瞬間に私の袖口《そでぐち》にリンの手が伸びていた。無下にすることはできず中途半端になっていた腰をベッドへ戻して、布団から覗かせているリンの顔半分を見て笑う。

「リン？」

「……ナイは、どこにも行かない？」

「どこにも行かないよ。行く所もないからね」

お金はあるので生活に困らないけれど、住む所を新しく探すのは大変だ。王都の平民が多く住む区域の賃貸物件は常に満室で、地方からの移住者が空き待ちをしていると聞く。地方も地方で伝手《つて》がないと物件を探すのは難しいとか。だから今のままが一番だろう。貧民街出身の平民に世間は優しくない。王国を出て行くとしても、旅券がなければ身元の証明ができず怪しい人物とみなされる。

「本当？」

「本当。私は聖女として働くことが一番だって考えているから」

王都で職に就くには親の家業を継ぐか、伝手がなければ難しいそうだ。飛び込みで働かせてほしいと営業をしても門前払いされる。聖女として四年も働いているし、公爵さまとの約束を違《たが》える気もない。

「だから、どこにも行かない……………行けないいんだよ」

尻すぼみになっていく私の言葉が分からなかったのか、リンの目が細められた。彼女には……リンとジークには自由でいてもらいたい。

私が王国から離れることはないだろう。自身が多大な魔力量を所持していることは理解している。それを国や教会が利用しているのも、公爵さまに思惑があって私の後ろ盾になっていることも。ソフィーアさまとセレスティアさまが私と接触しているのは、なにかしらの益があるからだ。もちろん益だけが目的ではないことも理解している。

聖女の務めを果たし余計なことをしなければ、彼らは国に忠誠を誓っている人間として扱ってくれて、私の、私たちの生活を保証してくれる。

「ナイ」

「ん？」

体をずらしてベッドの端に寄り、布団を持ち上げたリン。

「こっちにきて……一緒に寝よう」

「珍しいね。ここ最近、そんなこと言わなかったのに」

「たまには良いかなって。それに久しぶりだから」

彼女の言葉に頷《うなず》いて布団へと潜り込めば、リンの腕の中にすっぽりと体が納まった。貧民街で暮らしていた頃、満足な寝床がなくてみんなと一緒に雑魚寝《ざこね》をしていたけれど、教会へ保護され歳《とし》を経《へ》ると部屋を分けたので、同じベッドで寝ることは少なくなっていた。まあいいかと、私の背に回

った腕の温かさを感じながら目を閉じる。

「おやすみ、ナイ」

「リン、おやすみ」

深い眠りにつくまで、そう時間は掛からなかった。

◇◇◇

リンと一緒に寝た日から数日後。ジークとリンは伯爵さまと面会するため、王都にある伯爵邸へ向かった。私はついて行けないのでお留守番だ。手持ち無沙汰《ぶさた》だから子供たちの相手をしようと、孤児院を訪れていた。

「聖女さま！」

久方ぶりに姿を見せた私を珍しく感じたのか、子供たちがわらわらと寄ってきていた。時折、お菓子を差し入れするので、そちらを狙っているだけかもしれないが。

「どうしたの？」

一人の子が私の手を取って顔を見上げる。

「前みたいに文字を教えて！」

目の前の女の子は、文字を覚える楽しさに気付いたようだ。王国内の識字率はお世辞《せじ》にも高いとは言えず覚えて損はない。子供たちの中に将来天才と呼べる人に育つ可能性も捨て切れないし、そうならなくとも役に立つものである。

「分かった。外に出ようか」

「やった!!」

子供に手を引かれて孤児院の横にある小さな庭に出る。庭と言ってもなにもないただの空き地だ。適当に拾った枝を筆代わりに地面へ文字を書く。王国の文字なんて全く読めなかった幼き頃、貧民街の大人に聞いても読めない人がほとんどを占めていたから、街中から聞こえる声を頼りに看板の文字と睨《にら》めっこしていた日々が懐かしい。女の子と共にしゃがみ込み、地面に文字を書いて教えていると影が差した。

「ナイ、どうしてここに?」

聞き覚えのある声に顔を上げて、立ち上がり礼を執《と》る。

「ごきげんよう、ソフィーアさま。直ぐ側の教会宿舎で寝泊まりし、時折慰問と称してこちらの施設に顔を出しております」

身形《みなり》の綺麗な女性が突然現れて子供たちが驚いているのだが、彼女は気にしていない。なら、子供の相手よりソフィーアさまを優先すべきだろう。

「そうか。祖父が支援している孤児院と聞いて慰問にきてみたが、こんな偶然もあるのだな」

ふ、と短く笑う彼女の顔は、随分と穏やかなものになっている……気がする。

「少し時間を捻出《ねんしゅつ》できるようになったからな。前から孤児院の慰問を行いたいと考えていたが、ようやく叶ったよ」

笑っているはずなのに、一瞬彼女の顔に影が差したのは気のせいだろうか。

「そうでしたか」

気になるけれどソフィーアさまのプライベートな部分に踏み込む訳にもいかず、相槌《あいづち》を打つ程度に留めておく。

「ああ、いや。すまない。大したことではないんだ。お前のように、小さなことからでも、やれることがあると気付かされた」

少し要領の得ない言葉に、彼女の真意はどこにと考えるが分かるはずもなく。

「はあ」

彼女は王子妃教育を受けるため、学院が終わったあとは足しげく王城へと通っている。殿下方の謹慎処分が明け、お貴族さまの情勢も変わってきているはずなのに、こんな所で油を売って良いのだろうか。

「気にしないでくれ。さて、文字なら私も教えることができるが、どうして地面に書いている？」

「紙は高価ですから。地面ならタダで文字が書けて消すこともできます」

黒板とチョークは高級品だから用意できないし、紙も出回っているものの値が張る品だ。地面なら誰にも咎められることなく書け、こうして青空教室を開いている。ソフィーアさまは私たちが屋外で座学を行っていることが意外だったようだ。勉強は部屋の中で行うものと認識していたのだろう。

「む。そうだったのか、無知ですまない」

お貴族さまが謝罪を口にするのは珍しい。彼女は生真面目だと苦笑して、適当に拾った枝を渡せば地面へしゃがみ込み文字を書き始める。突然現れたどこの誰とも知らない女の人に戸惑っていた子供たちは、どうすれば良いのか迷っていた。

「こっちにおいで」

私は手招きをしてソフィーアさまが書いた文字を指し、子供の一人に読めるか聞いてみる。少し考えた末に答えた子の頭に手を置いて褒《ほ》めると、無邪気に笑って次の問題を懇願される。ソフィーアさまと子供たちと私とで暫く文字を地面に書きながらやり取りをしていると、子供たちは飽きてしまったのか気ままに遊び始めていた。

「元気だな、子供は」

まだ十五歳で成人していないのだから、私たちも子供である。ただ背負っているものが、他の人より重い立場の人間だった。

「ええ、本当に」

「今日、ここにきて良かったよ。時間は掛かるが、お前には見ていてほしい」

「なにをですか？」

ソフィーアさまがなにを言いたいのか分からず、質問で返してしまった。失礼にならなければ良いのだがと彼女の顔を見上げる。

「そうだな……私が貴族として立派に振舞えているかどうか、かな」

またしても要領の得ない彼女の言葉に首を傾げると、私を見ながら片手を腰に当てて綺麗に笑う姿に見惚《みと》れた。

「私には目指すものがある。とりあえず、それを知っておいてくれ。ではな」

颯爽《さっそう》と帰っていくソフィーアさまの背中を、ただ見送ることしかできない私は、子供たちの面倒を見つつ時間を潰《つぶ》して宿舎へ戻り、自室のベッドに寝転がって考える。

これから、どうなるのだろう。ジークとリンとの関係が変わるとは考え辛い。ただ伯爵さまの出方次第で大きく変わることもある。少し不安を抱えながら、そっくりな双子が宿舎に戻ってくるのを待っていた。

そうして、クルーガー伯爵家に招待されていたジークとリンが馬車で戻ってきた。空は青色から茜《あかね》色へと変わり、伯爵さまとの話し合いは随分と時間が掛かったようだ。自室から出て、宿舎の玄関に赴き二人を迎える。

「おかえり、ジーク、リン」

「ああ、ただいま……」

「……ただいま、ナイ」

教会の馬車から降り疲れた様子の二人を見て、私はなんとも言えない顔になる。伯爵さまが父親だったとして、今更二人に会いたがっている目的はどこにあるのだろう。気になるが伯爵さまとのやり取りについて私から聞くのは不味い。二人のプライバシーに関わる部分を安易に覗いてはならず、話を聞きたいなら彼らから口にした時のみ。

「もう直ぐご飯だって。着替えて、みんなで食べよう」

暗くなる前に済ませる家庭が多く、王都の街中には良い匂いが漂って空きっ腹には刺激が強い。少し重い空気を変えようと笑ってみても、二人の様子は変わらない。

「ああ」

「うん」

普段より元気のない二人に、掛ける言葉が見つからない。ジークとリンは着替えてくると言い残し、二階の自室へ向かった。彼らの後ろ姿を見送って私は食堂へ向かう。広くない食堂には既に人がちらほらと入っており、各々座って食事を摂《と》っていた。待っていれば二人はそのうちにくるだろうと、定位置になっている席へと座る。食堂のいつもの景色をぼーっと眺めながら時間を潰す。

「親、かあ……」

前世も今世も親に縁はなかった。家族というものが、どんなものかも理解できていない。教会にいる多くの人には親がおらず、時折『家族』や『家庭』を持てるのかと話をしている。自分以外がどう考えているのか興味深いことだったので聞き耳を立てていれば、親がいてもいなくても自力で生きていくしかなく、歯を食いしばって前を向いて歩き続けて行くだけと答えを出していた。彼らの話に、心の中で同意している自分がいることに気がついて苦笑が漏《も》れていた。結局、己の人生だから自分自身の手で道を切り拓《ひら》くしかない。

私は恵まれている。教会から保護命令が下り、無事に見つけ出され聖女として働いているのだから。あのまま貧民街で生きていれば、いつかは力尽きていた。

「すまない、待たせた」

「ナイ、先に食べていても良かったのに」

考え事をしていた頭の上から声が掛かった。いわずもがなジークとリンだ。

「先に食べるのも気が引けるから待ってた。さ、ご飯貰《もら》いに行こう」

私の言葉に頷いて三人揃《そろ》って食堂のおばちゃんに声を掛け、一言二言何気ない言葉を交わし食事を受け取る。いつもと変わらない質素なメニューに苦笑しながら、席へ着き手を合わせ暫く無言で食べ進めていると、ジークが真剣な顔をして口を開いた。

「聞かないのか？」

「伯爵さまのこと？」

ジークが形の良い目を細めて私を見る。隣に座っているリンも、食べることを止めた。

「ああ」

「気になるけれど、二人の問題だからね。私があまり口出ししても駄目でしょ」

「そうはいかん。公爵さまに報告しないと、あとでなにを言われるか分からないぞ」

「あ、公爵さまに手紙を出したこと忘れてた」

ジークとリン、二人で決めるべきだと結論付けていたから失念していた。ぽんと手を叩いた私を二人は呆《あき》れた顔で見る。

「ナイ……」

大袈裟《おおげさ》に溜め息を吐いたジークが肩を落とす。問題がなくとも報告しないと、助力を願った公爵さまに失礼になるので、背を伸ばして確《しっか》りと二人を見る。

「ごめんって。問題になりそうなことは言われたの？　てか、伯爵さまとジークとリンって本当に血の繋がりがあるの？」

「血の繋がりはあるはずだ。伯爵さまはリンにそっくりだったからな」

「うん。兄さんにも凄《すご》く似てた」

二人の言葉に静かに頷く。遺伝子鑑定はなく、似ているなら親子と判断される世情だ。伯爵さまが認め、周りの人間も似ていると頷けば事実となる。魔術による鑑定方法もあるけれど……行われないだろう。

「伯爵家の籍に入らないかとは言われたな。あと、母さんの最期《さいご》の様子を聞かれたよ」

ジークの言葉を聞いて顔を歪めるリンの頭の上に、彼の大きな手が置かれた。気にするな、と言わんばかりにわしゃわしゃと頭を撫でられて、彼女は猫のように目を細める。二人は伯爵さまの落胤となるようだ。母親が亡くなって路頭に迷っていた子供を救い出すのが遅いけれど、声を掛けるだけ伯爵さまはマシだろうか。

「……他には？」

これ以上聞き出すのは野暮だが、報告に抜けがないよう聞いておかなければ。

「俺たちを伯爵家の籍に入れることを夫人がごねているが、なんとかするからもう少し待ってほしい、とな」

やはり伯爵夫人は快《こころよ》く思っていないようだ。赤髪くん、もといマルクスさまはやらかしているから、ジークを嫡子に替えられるのではと心配しているのかもしれない。夫人の実家に顔向けできないし、立場も面子《メンツ》も潰れてしまうから伯爵夫人の態度は理解できる。

「その言い方だと、二人は伯爵さまの家の子になるつもりなの？」

「まさか。なる訳がない」

「うん」

伯爵さまは議論の余地もなく拒絶されている。ならば二人から断るよりも、公爵さまに圧を掛けてもらった方が良さそうだ。

「分かった。公爵さまにジークとリンにはクルーガー伯爵家の籍に入る意思はないって伝えておくね」

「ああ、頼む」

「ごめんね、ナイ」

そう言って少し冷めたご飯に再び手を伸ばすのだった。

――数日後。

クルーガー伯爵さまのジークとリンを伯爵家の籍へ入れたい気持ちは強いようだ。また食事に誘われ、断り切れず二人は指定の店に赴いた。親子の会話を交わしているのかと思えば、そうでもないらしい。形式上の会話のみだ、とジークは苦笑いをしていたのだから。

これ以上伯爵さまからのアプローチを受け続けても問題だろうし、さて、どうしたものかと頭を捻《ひね》るのだが良案が思いつくなら苦労はしない。公爵さまを頼って、はっきりと断ってもらうのが一番良い策だろうかと、部屋の窓から外を見るのだった。

◇◇◇

建国祭まで二週間を切っていた。特進科の机で考え事をしながら、そろそろ帰路につくかと立ち上がろうとした時のことだ。

「おい」

最近よく聞く声に、鞄《かばん》を取ろうとした手を止めて顔を上げる。

「マルクスさま！」

ばしんと教室に良い音が響く。

「痛ぇ!!」

腰のあたりをシバかれたマルクスさまと、鉄扇でシバいたセレスティアさまが並んで私の席の前に立っていた。あ、これはまた夫婦漫才が始まるなと感じ、なにも言わずに待つしかない。

「どうしてお前は、いつも俺を鉄扇で叩く!!」

「マルクスさまの態度がなっていないからですわ！　以前も同じことを申しましたのに直っておりません。叩かれて言うことを聞くのは小さな子供や畜生《ちくしょう》と一緒。貴方《あなた》さまはソレらと同類でして？」

「そっ、それは……」

返す言葉に詰まったマルクスさまと怒りを露《あらわ》にしているセレスティアさま。仲が良いのか悪いのか、これがセレスティアさまの愛情表現ならドMが誕生して、マルクスさまに新たな扉が開きそうだ。

「そろそろ本題に入ってやれ。困っているぞ」

呆れた顔でソフィーアさまが二人のやり取りを止めに入った。今までは酷《ひど》くならない限り傍観していたのに、珍しいこともあるものだ。ソフィーアさまは第二王子殿下とは付かず離れずの距離を保ち、登校時やお昼休みは一緒に過ごしている。会話は少なく主従関係としか見えないが、入学当初よりマシだった。

「ああ、申し訳ございません。マルクスさまの態度があまりにもなっていないもので……」

「……お前の態度もどうなんだ……」

ぼそりと小声で呟《つぶや》くマルクスさま。何故余計なことを言ってしまうのかと呆れると、良い音が教室内に響く。最近、日常化している光景で、他のクラスメイトは気にする素振りを見せなくなっていた。周りに気付いていないのは、セレスティアさまとマルクスさまだけだ。

「本当に、その軽い口はどうにかなりませんこと!?」

「仕方ねえよ、生まれつきだ！」

「まあ。では魂からやり直さなければなりませんわね！」

「あ？　お前のその口の悪さも大概だろうが！」

「わたくしの口が悪いですって!?」

「セレスティアが怖いから、クラスの連中はなにも言わねえんだろうよ！」

ついに始まった罵《のの》り合いに『どうしますか、コレ』と視線をソフィーアさまへ向けると『どうにもならん』と彼女の視線が返ってくる。はあと溜め息を吐いた彼女は、数瞬おいて大きく息を吸う。

「いい加減にしろ、馬鹿《ばか》共がっ!!」

びり、と窓ガラスが揺れた。驚いたけれど魔力を纏《まと》わせれば可能だなあと一人納得する。ただ教室の中にいた人はいきなりのことで驚き、ぎょっとした顔になっていた。普段、公爵令嬢として振舞っているソフィーアさまが今のように声を張ることは珍しく、クラスメイトの視線が彼女に集中している。

「っ！　本題からズレてしまいましたわね。申し訳ございません、ナイ」

「いえ、気にならないでください」

話が大きく逸《そ》れてしまったのは、確かにセレスティアさまの行動からなので彼女が謝罪すべきだけれど、原因の一端であるマルクスさまは面倒くさそうに髪をボリボリと掻いていた。

「お前が邪魔をしなけりゃな」

「……っ！　いえ、止めておきましょう。マルクスさま、ナイに用事があったのでしょう？」

振り上げた鉄扇を下ろさず堪《こら》えたセレスティアさま。手に青筋が立っているから相当に我慢したらしい。鼻を鳴らしたマルクスさまを確認して、更に手に青筋が増えたのはご愛敬《あいきょう》。我慢したようだけれど、口元が歪み始めていた。

「ああ。アンタの護衛騎士の所に案内してくれ」

「……ご用件は？」

彼の父親である伯爵さまの件もある。一体彼はどんな目的で二人に会いたいのか。私が気を張ったことに気付いたマルクスさまの片眉がピクリと上がった。

「あ？　アンタには関係ないだろうが。本人に直接言う」

マルクスさまの言葉に、一度咳《せき》払いをするセレスティアさま。ソフィーアさまは事態が動き始めたので静観するようだ。

「……あの二人は黒髪聖女の双璧と呼ばれ、強いと聞いた。勝負がしたい」

彼はジークとリンの恥ずかしい二つ名を知っているのか。いつの間にと思うが魔獣討伐の際に聞いたかもしれないし、話が逸れるので話題にしない方が良い。

「勝負は二人の返事次第ですが、目的は？」

私闘は禁止されているので、学院の教師を説得しなきゃならないはず。勝負を言い出したからには、根回しは済んでいるのだろう。

「自分の実力がどんなものか知りたいだけだ。深い意味はない」

むっとした顔のまま私を見下ろすマルクスさま。父親の隠し子問題が発覚したのに呑気《のんき》なもの……ああ、自分の実力を誇示するために二人に挑むのか。能力が劣っていると判断されれば、伯爵家嫡子から引きずり降ろされる可能性がある。隠し子の噂が広がっているから今のままでは彼の地位が危ぶまれるだけ。腕に自信があるのなら、勝って次期当主の資質をアピールするのもアリなのか。

「分かりました。二人のもとへ行きましょう」

「わたくしも参りますわ。マルクスさまの婚約者として勝負を見届けます」

「すまない、部外者だが私も行かせてくれ。騎士科と魔術科には興味がある」

セレスティアさまの言葉は理解できるとして、ソフィーアさままでついてくるとは。ただ私が許可を下す権限は持っていない。持っているのはマルクスさまとセレスティアさまだから黙って二人に視線を移す。

「構いませんことよ。見ている者は多い方が良いでしょうし」

「ああ、好きにしろ」

マルクスさま、もう少し言い方を考えましょう。相手は公爵令嬢さまだ。

「すまない」

ソフィーアさま本人は気にする様子はないので、問題はないかと頭を切り替え、お貴族さま三人を従えて騎士科の校舎を目指す。

以前一人で通った騎士科と魔術科の教室がある校舎に続く道を今度は四人で歩いて行き、廊下の真ん中を闊歩《かっぽ》していると、騎士科と魔術科の人たちが廊下の隅《すみ》へと寄る。公爵家、辺境伯家、伯爵家の子女が訪れればこうなるのかと感心しながら、騎士科の二人が所属する教室の前へ立った。

「ジーク、リン」

高位貴族の登場にざわついている騎士科の教室内を見渡すと、二人がいたので声を掛ける。

「ナイ。——っ」

ジークが私の背後に控えている方たちに気付いて礼を執る。それを横目で見ていたリンが彼に倣《なら》い、静かに礼をしてゆっくりと顔を上げた。

「マルクスさまが二人に話があるって」

「分かりました。聖女さまはいかがなさいますか？」

他の人たちの目があるので、ジークはあくまで聖女と護衛の関係で通すようだ。リンはジークの横に立ってこちらの様子を窺っていた。

「このまま話を聞かせてほしいけれど……」

そう言ってマルクスさまたちに体を向けると、彼はぼりぼりと頭の後ろを掻く。二人とマルクスさまの顔は似ていない。ジークたちが伯爵さまに似ていたなら、魔物討伐の際に騎士の方の間で噂が立ちそうなのに聞いたことがない。

緘口令《かんこうれい》でも敷かれたのか、面倒事にならないようにと騎士の方たちが自主的に口を噤《つぐ》んだのか。真意は分からないが、今まで話題にならなかったのは騎士団の方々の気遣いだったのかもしれない。

「あ？　別に構わねえよ。大した話じゃあねーんだし、コイツらもいるしな」

マルクスさまの後ろに控えていた二人を顎《あご》でしゃくった。家格が上のソフィーアさまとセレスティアさま相手に随分と乱暴なしぐさだが、本人たちは気にしていない。なら私が気にしても仕方ないと頭を振って、マルクスさまとジークとリンのやり取りを見守るために、立ち位置を一歩ずらした。

「ジークフリード、俺はアンタに勝負を申し込む。つっても決闘って訳じゃねーし、手合わせ感覚で受けてくれ。貴族だろうが平民だろうが、勝っても負けても文句はなしだ」

マルクスさまはジークに勝負を挑むようだ。個人の戦闘力ならリンの方が高いので、てっきり彼女へ勝負を挑むと考えていた。リンは女性だし、女に負けたとなれば評判はガタ落ちになる。セレスティアさまも望まないだろうし、ジークは彼にとって丁度良い相手となるのだろう。

——けれど。

対フェンリル戦の時に動いたジークと動けなかったマルクスさまだから、勝負は見えているような。ジークは私に視線を寄越し、どうすると無言で聞いてくる。先ほど聖女と護衛騎士として振舞ったけれど、試合を受けるか受けないかは本人が決めるべきだ。

「ジーク。ジークが決めて」

マルクスさまが言ったとおり、手合わせなら死ぬことはない。仮にジークが負けても評判が落ちることもないだろう。負けて評判が落ちるのはマルクスさまである。ここまで事態が進んでしまっては止めることはできないが、本当に不味い勝負ならセレスティアさまが止めている。彼の評判が落ちるイコール婚約者である彼女の評判も落ちるのだから。私の言葉に、ジークがマルクスさまと向き合った。

「私に決める権限はありません。試合であれば騎士科へ申請を出して頂ければ、場を整えることができましょう」

ジークが一人称を変えて外交モードになっている。彼の顔を見上げると、感情を読み取り辛い騎士の表情だった。

「マジかよ、面倒な……けど、仕方ねえか。分かった申請書を出せば良いんだな」

面倒そうに言い放つマルクスさまだが、身分が下のジークに押し付けず自分でやろうとするのは好ましい。今日中に手合わせできないと分かり諦《あきら》めたのか、マルクスさまは片手を挙げながら踵を返し去って行った。おそらく申請書を貰いに職員室に向かったのだろう。

「わたくしの婚約者であるマルクスさまがご迷惑をお掛けしました」

「いえ、お気になさらず」

彼の背を見送ったセレスティアさまが間髪容《かんはつい》れずジークとリンに言葉を掛けると、ジークが目を伏せながら礼を執る。お貴族さまに謝られると、受け取る以外に選択肢が存在しないのが平民の辛いところだ。

「おそらくマルクスさまは職員室に向かい申請書を提出なさるはず。許可が下りた際には、お手合わせよろしくお願い致しますわ」

「は！」

ジークは辺境伯令嬢さまに失礼とならないように敬礼で答えると、セレスティアさまが微笑《ほほえ》んで騎士科の教室から去っていく。

「騒がしくてすまないな」

「いえ」

最後に残っていたソフィーアさまが私たちへ声を掛けてくれた。セレスティアさまとマルクスさまとは関係ない気もするが、お貴族さまの三人は幼い頃から付き合いがあり、ソフィーアさまは彼らの行動が気になったのだろう。

「マルクス殿に悪気はないだろう。根は素直だからな。単純な腕試しだろうから、深く考えずに試合を受けてやってくれ」

彼女の言葉は、物事を深く考えないマルクスさまと聞こえるのだが良いのだろうか。本人が耳にすれば怒りそうである。ではな、と言い残して去って行くソフィーアさまの後ろ姿も見届けて、私はジークとリンの顔を見る。

「結局、なんでソフィーアさまとセレスティアさまはついてきたんだろう？」

「さあな。まあ、見張り役じゃないか。これ以上やらかさんためのだ」

力を抜きながら息を吐くジークに苦笑をしていると、私の横にリンが立つ。

「兄さん、受けるの？」

「断れば失礼に当たるから、受けるしかないな」

そうなるよねえと遠い目になりながら、試合の日はいつになるのだろう。とりあえず、決まってからの話だと頭を振って二人と一緒に下校するのだった。

――マルクスさまの申請は無事に通った。

落胤問題が教師の耳にも届き根回しをしたようで、学院からマルクスさまとジークの手合わせを行うと教会に報告され、クルーガー伯爵家にも話を通しているとのこと。不味ければ伯爵家から『止めろ』と学院に苦情が入るし、黙って試合を行ってからバレるよりも傷は浅く済む。

――……申請から二日後。試合当日。

学院も大変だなと、騎士科の訓練場を囲う柵に手を掛け、リンと私は一緒にマルクスさまとジークの試合時間になるまで待っていた。

「ねえ、リン。入学試験の時みたいに無手になるの？」

「ううん、今回は木剣を使うって聞いたよ」

他愛《たあい》のないことを彼女と話しつつ、周囲に目をやると結構な数のギャラリーが集まっている。ほぼ騎士科の面子で仲良さげに騒いでいるのだけれど……。

「野次馬《やじうま》が多いですこと」

ぱん、と鉄扇を開いて口元を隠すセレスティアさま。目を細めているので、見物人が多くて不快なようだ。

見物客が多いのは、騎士科で平民出身の人たちが賭《か》けをしているから。本当は禁止されているが、教師陣は見て見ぬ振りをしている。掛け金は、昼食のおかずが一品程度。食べ盛りの若者たちなので、おかずが一品増えたり減ったりするだけで楽しいのだろう。

「娯楽が少ないからな」

ソフィーアさまが言ったようにこの世界には娯楽が少なく、自分たちで工夫して楽しく生活できるように努力している。不快そうなセレスティアさまを横目に溜め息を一つ吐いたソフィーアさまも、擁護はすれ良いことだとは思っていないようだ。

そして何故か、彼女たちは私の横に立って試合を見届けるようだった。セレスティアさまとソフィーアさまは、勝負の結果を家に報告するためだろう。学生なのに家のために動いているのだから、本当お貴族さまって大変だ。

「両者入場！」

審判を務める教師が大きな声を出した。騎士科の生徒が扉を開け、お互いの対角線上にある入り口から入場する。まるで古代ローマのコロシアムで行われていた剣闘士や拳《けん》闘士の試合みたいと感じながら、声高に叫んだ教師を見た。

「二人とも開始線へ。——お互いに礼！」

互いに礼を執るマルクスさまとジークの左手には訓練用の木剣が握られている。刃引きされていない剣を使用することもあるが、木剣が選択されたのはまだ一年生の身にすぎないからだろう。マルクスさまより背の高いジーク。ジークより筋肉が付いているマルクスさま。ジークは上背が勝《まさ》っているなら、リーチも勝っている。距離の優位は如実に表れると聞くけれど、力押しされたらマルクスさまが勝ちそうで勝敗が読めない。

「始まるな」

「ええ、そうですわね」

ソフィーアさまとセレスティアさまの声と周囲の人たちの声が混じる中、審判役の教師の右腕が前に差し出された。

「——始め！」

これまでで一番に張った声と共に、差し出された右腕が勢い良く上に掲げられた。声と同時にマルクスさまが一直線でジークへ距離を詰めて飛び掛かる。大上段で振り上げられた木剣を、ジークは立ち位置を半歩ずらし下から斜め掛けに木剣を受け、真下を目指す剣の軌道を逸らし半円を描《えが》きながら、横薙《な》ぎに剣を振る。

「っ！」

展開を読んでいたのか、バックステップで大股に三歩下がったマルクスさまが、にやりと口角を上げた。

「ははっ！　届かなかったな！」

嬉《うれ》しそうに声を出す彼に『子供ですわね』『幼いな』と、容赦ない言葉を呟く女性陣二人。試合中の彼に呟きは届くことはなく、上体を低くしたジークが足をバネのごとく使い、木剣を下げたまま一足飛びにマルクスさまに飛び掛かると下から上へと木剣を振り上げた。

「っと！　あぶねっ！」

学院の入試の時とは違いジークが攻めあぐねているような。とはいえ開始から三手しか交わしておらず、決着がつくにはもう少し時間が掛かりそうだ。

「兄さん、様子見してる」

「そうなの？」

「うん」

リンが言うのであれば、そうなのだろう。私は剣技については素人《しろうと》で、本気を出しているのか加減をしているのかも分からない。リンと私で喋っている間も、一撃、二撃、三撃と木剣同士がぶつかり小気味良い音を奏でていた。

「マルクスさま！　あまり遊ばれていますと、あとでわたくしとも試合をして頂きますわよ‼」

「げ……！」

セレスティアさまの言葉にゲンナリとした顔を見せるマルクスさま。彼女は辺境伯家出身だから、令嬢教育や魔術の心得だけではなく武術も嗜《たしな》んでいるようだ。

「アイツとの試合はやりたくねえ。悪いな、最後だ。——決める！」

叫んだセレスティアさまの言葉が効いたのか、試合場の土を靴裏で何度も滑らせてマルクスさまは後ろへ下がり、ジークと一旦距離を取る。ぐっと走り出したマルクスさまは、またしても大上段の構えを取ってジークへと突っ込んでいくと、ジークが受け流そうと木剣を構えた。

「そう同じ手に乗るかっ！」

マルクスさまが口を開きながら木剣を振り下ろすと、受け流すのかと思われたジークの木剣の柄《つか》がマルクスさまの横腹に打ち込まれたのだった。

「ぐふっ」

え、えげつないなあジークは……痛そうに横腹を抱えて蹲《うずくま》っているマルクスさまに憐《あわれ》みの視線を送ってしまう。

「——そこまで！」

そのまま倒れ込んでしまったので、流石に試合を続行するのは不可能と判断されたようだ。審判が止めに入っていた。

「はあ。考えなしに打ち込むのは相変わらずですわねえ」

「幼い頃から変わらんな」

セレスティアさまとソフィーアさまは息を吐き、小さく肩を竦《すく》めた。

マルクスさまが打たれた横腹を擦《さす》りながらゆっくりと立ち上がると、野次馬の人たちから拍手が起こっている。

「痛え……アンタ、容赦ねえな」

「ご不快でしたら、申し訳ありません」

マルクスさまがジークに言葉を掛けている。怒られるかなと心配になるけれど、戦った者同士の会話のようで敵意は感じられない。

「いや、試合を申し込んだのは俺だ。謝る必要はねえ。それに魔獣討伐の時、俺は全く動けなかったのに、アンタは騎士の役目を果たすべく動いていたからな」

俺とは大違いだ、と自分に対して皮肉を言うマルクスさま。

「仕方ありません。私は幾度か魔物討伐へ駆り出されたことがありますから」

実戦経験の有無は、如実に差を生んでしまう。実力があっても恐怖に怯《おび》えて動けなければ、命を失うのが現場である。

「けど、なあ。……ああ、上手く纏まらねえ！　とりあえず、親父がなにを考えているのかは知らんし、俺は関知してねえ」

いや、そこはお貴族さまの嫡子だから状況把握しましょう、と盛大な突っ込みを心の中で入れてしまう。妙な音が聞こえ、そちらへ顔を向ければ私の横で頭を抱えているセレスティアさまがいた。握り込んだ鉄扇が悲鳴を上げたようで、婚約者がこの調子では先が思いやられるよね、と少しだけ彼女に同情してしまう。

「面倒なことは嫌いだから、はっきり言っておく。俺の嫡男の地位が危ぶまれないなら、アンタたちは好きにすりゃあ良い」

ようするに養子に入ろうが、今のままでいようがマルクスさまは関わらないようだ。伯爵家の次代なのに、随分と投げやりである。

「……こんな調子で大丈夫なのかな、クルーガー伯爵家って」

私がぼそりと呟くと、セレスティアさまが口を開く。

「わたくしが家の中は掌握《しょうあく》しますので、心配は無用ですわ。クルーガー家は代々奥方が支えていますもの」

しまった。思っていたより声が大きかったらしい。私を見下ろしながら彼女がふふんと笑っている。不味い発言なら怒っているし、今の発言はセーフだったようだ。しかし、婚約者にすぎない彼女が牛耳《ぎゅうじ》るなんて言って良いのだろうか。

「何故かその方が上手くいくのがクルーガー家だからな」

不思議なものだと付け加えるソフィーアさまに、セレスティアさまが頷く。そのうちクルーガー家は乗っ取られるのではと遠い目になるのだが、男系の血統を維持できればお貴族さま的には構わないのかも。この辺りはお貴族さまらしい問題で、家に特色があるならばソレを維持するのも彼らの役目だろう。

「とりあえず、マルクスさまの治療をしてきます」

後遺症が残ったなどと難癖を付けられると教会も私も困るし、試合を行った記憶がないなんて事態は避けたい。なによりジークが困るのだから。私が聖女を務めていることは、合同訓練の時にバレているから隠す必要もなくなった。

「お願い致しますわ。マルクスさまがお手間を掛けて申し訳ありません」

「お気になさらず。リン、中に入っても大丈夫かな？」

「少し待ってね、ナイ。——兄さん！」

セレスティアさまに返答して、リンの方へ向き直る。騎士科のことならリンの方が詳しい。

「どうした？」

リンの言葉にジークが振り向いて声を上げた。

「中に入っても良い？」

「構わないが……」

言い淀むジークになにか感じたのか、リンがもう一度口を開いた。

「ナイが手当てしてくれるって」

「分かった。リン、そこから入ってナイを抱えてやれ」

柵を乗り越えるような行動は特進科や普通科だと教師から咎められるのに、騎士科と魔術科では緩《ゆる》いらしい。

「うん」

柵をひょいと乗り越えたリンが両腕を差し出して、こっちへこいと誘う。確かに手っ取り早いけれど……衆目に晒《さら》されているのに彼女は恥ずかしくないのだろうか。子供扱いだなあと心の中でボヤきながら、柵に足を掛けてどうにか這《は》い上がると、即座にリンの腕が伸びて私を抱きかかえてくれた。落ちないように彼女の首に腕を回せば、くすくすと笑い声が聞こえてくる。

「微笑ましいな」

「ぶっ」

目を細めて私たちを見るソフィーアさまに、噴き出したセレスティアさまは鉄扇で必死に顔を隠している。はあと溜め息を吐いて、片方の手でリンの腕をタップした。

「降ろして、リン」

「兄さんの所まで連れて行ってあげるよ？」

リンは私の顔を覗き込みながら小さく首を傾げた。

「有難いけれど、恥ずかしいから降ろして……」

「むう」

唸《うな》りつつもリンはゆっくりと地面に降ろしてくれた。そうして私はマルクスさまとジークのもとへ自分の足で歩いて行く。

「すまない、ナイ」

「ううん、見ているだけじゃあなんだしね。マルクスさま傷を治します」

面倒なことになったら困る、という本心は飲み込んでマルクスさまに向き直る。

「すまん。しかし、良いのか？」

本当なら治療代としてお金を取っているけれど、今回は例外である。こちらにも打算があるし、そもそも勝手に私が言い出したことだ。

「構いません、あとで私の質問に答えて頂けると嬉しいのですが」

「あ？　ああ、答えられることなら答えるが……」

最後まで彼の言葉を聞かずに治癒《ちゆ》魔術を施す。治癒を終えたあと不思議そうに、横腹を擦っていたので治癒魔術は初めて受けたのだろう。痛みや違和感はないかと確認していると、セレスティアさまとソフィーアさまがやってきた。なんだかんだ言って婚約者であるマルクスさまを大事にしているようだ。

「負けましたわね、マルクスさま」

「うっ……すまん！」

マルクスさまとセレスティアさまが相対すると、剣呑《けんのん》な空気が流れ始める。

「負けたあとのことを散々申しておりましたのに、ご理解をなさっていないご様子」

「セレスティア。騎士として強い奴と刃《やいば》を交えるのは悪いことじゃねえ！」

「確かに。ですが、負けてしまった場合のリスクを考えないのはいかがなものでしょう。今回は〝黒髪聖女の双璧〟と称される方に負けたので影響は微々たるものですが、次からはきちんと考えて行動してくださいませ」

わたくしとも手合わせですわねと彼女が続けて語ると、物凄く嫌な顔をするマルクスさま。セレスティアさまはヴァイセンベルク辺境伯家の令嬢として武芸を嗜んでいるようだけれど、マルクスさまに勝てる腕があるのだろうか。

「強いぞ、彼女は。辺境伯家は武闘派で名を馳《は》せ、血筋的にも強者を生み出しやすい家系だからな」

私の心を読んだのかソフィーアさまが解説しつつ、私も負けていられんなと笑っている。上級魔術を使えるだけでも十分強者に分類されるのに、まだ高みを目指しているようだ。

――あ、そうだ。

ふと思い出したことがあったのでマルクスさまの方へと顔を向ける。無報酬では他の方たちに示しがつかないので、寄付の代わりに情報を頂こう。

「マルクスさま。どうして伯爵閣下へジークとリンの話をしたのですか？」

本当にどうしてだろうか。彼が二人の存在を伯爵さまに告げなければ、今回のことに発展しなかった。だって周りの方々は口を噤んでいたのだから。

「二人のことは親父が作った責任だ。なら親父がちゃんと背負わないとな……」

苦虫を噛《か》み潰したような顔で答えてくれたマルクスさまが、感情を切り替えるように後頭部を掻き始め再度口を開く。

「つか、アンタは聖女だろう。これくらいの情報は自分で摑《つか》めたんじゃねーか？」

「確かに知ることはできますが、誰彼なしに聞いて良いことではないですから」

公爵さまや教会の人に聞くことはできたが頼りすぎるとあとが怖い。だから自力で情報を得る方が安全安心だ。確度が下がることもあるけれど、マルクスさまに直接聞いたのだから、きちんと情報の価値はある。

「……面倒くせえ。——痛っ！」

不用意なことを口走るマルクスさまに鉄扇が飛んでくるのは当然だった。その後、武闘派同士で意気投合したのか、セレスティアさまとマルクスさまにジークとリンが、剣技の話に華を咲かせていた。

武芸にからっきしな私は完全に蚊帳《かや》の外で、見兼ねたソフィーアさまが私の話し相手を務めてくれている。彼らは王城やそれぞれの家でお茶会を開いて交流を深めてきたそうだ。お貴族さまは友人関係も親の決めた枠や道筋にハメられて大変だ、と考えていれば誰かの影が差す。

「なにやら楽しそうですねえ、僕も交ぜて頂けませんか？」

長い髪を風に靡《なび》かせ、にっこりと笑みを浮かべた副団長さまが立っていた。相も変わらずイケメンだけれど、それゆえなのか表情から思考が読み取り辛い。

「先生」

「お師匠さま、何故こちらに？」

副団長さまに気付いたソフィーアさまとセレスティアさまが声を上げる。神出鬼没な彼と私は知り合い程度だから、話の主導は彼の弟子であるお二人が適任だろう。マルクスさまたちとの会話が止まり、ジークとリンは静かに私の側にやってくる。

「今日は講師として魔術科の授業に参加させて頂きました。道すがら見知った方々が見えたので声を掛けた次第です」

年下相手だし弟子だと言うなら、もう少し砕けた喋り方をしても良さそうだが、丁寧な口調は副団長さまの癖なのか。

「そうでしたか」

「魔術科にお師匠さまのお眼鏡に適《かな》う方はいらっしゃいましたか？」

ソフィーアさまが静かに頷き、セレスティアさまが面白そうな顔を浮かべて副団長さまに問うた。

マルクスさまは沈黙を保ったまま佇《たたず》んでいる。

「そうですねえ、小粒揃いでしょうか。やはり特出した方は聖女さま、貴女お一人です」

ぐるんと顔を回して視線を寄越す副団長さまは、私への興味を維持したまま。魔術に対する興味や追求心は尽きないらしい。だが彼の思うまま、言われるままに行動していれば、私はとんでもない人間に仕立て上げられそうで怖い。

「わたくしは副団長さまに見初《みそ》められるほどの実力を持ち合わせておらず、聖女の務めがあります。お忙しい立場である副団長さまの手を煩《わずら》わせることにもなりましょう」

「ええ、知っていますよ。ですので、学院の魔術科の特別教諭に名乗り出ました」

それとこれにどんな関係があるのか……私は特進科所属なので関係ない。にんまりとしている副団長さまには悪いが、関わることはないはずである。

「特進科にも出張授業に参ります。その時はどうぞよろしくお願い致しますね、聖女さま」

特進科の生徒は家庭教師から魔術を習得しており、学院では特別授業と称してたまに受けるくらい。目の前の彼はそこに目を付けたらしい。魔術師団副団長さまが学院側に申し出れば、そりゃ二つ返事で学院は了承する……でも、ここで頷くと私の平穏な未来が危うくなる。

「わたくしだけ特別扱いでは皆さまにご迷惑をお掛けします。公平に授業は行うべきかと」

「それはもちろんです。ですが機会は訪れ、こうして再会できているのですから、この先も偶然が起こる可能性は十分にあるでしょう」

僕はそこに活路を見出しているのです、と仰《おっしゃ》る副団長さま。嗚呼《ああ》、完全に目を付けられている……。私の魔力制御が甘いのは、承知している。未熟な操作でもどうにかなっているのは、人並外れた魔力量のお陰だ。魔獣討伐の時もなんとかなったし困ったことがないから、深く気にしていなかった。

「ですので、特別授業の時はよろしくお願いしますね」

「……はい」

腰を折って顔を近づけてくる副団長さまの迫力に気圧《けお》され、返事をするしかない。どうしてこうなってしまうのか
と頭を抱えながら、上機嫌でこの場を去っていく副団長さまの背中を見送る。

「魔術には正直な人だからな。その、なんだ……諦めてくれ」

「お師匠さまに悪気はありませんから、お気になさらないように。貴女にとって損にはならないでしょう」

「アレな人だからな。仕方ねえ」

お貴族さま組の副団長さまの評価が、褒めているのか貶《けな》しているのかよく分からないものになっているし、ジークとリンも私に同情の視線を向けている気がする。どうして妙な人に絡まれるのかと考えてみるけれど、思い当たる節がない。真っ当に生きているのに、ツイてないのは何故だろう。

私の側にいたジークとリンが声を零《こぼ》す。

「ナイ、魔力制御を教えてくれるなら良い機会だ。真面目に講義を受けておけ」

「うん。持て余して暴走させている時があるから、丁度良い機会」

「分かってはいるけれど……」

二人の言葉に渋面《じゅうめん》になってしまう。魔獣を消し炭、どころか霧散《むさん》させた魔術を教えられるなら嫌な予感しかしない。現在の国王陛下は穏健派《おんけんは》である。諸外国との調和を標榜《ひょうぼう》している方だし、隣国のヴァンディリア王も陛下と同様の政治方針。ただそれ以外の国の動向を知らないので、代替わりや急変した事情で好戦論に走る国が出てもおかしくない。

攻撃と防御に特化——しかも治癒も使えて魔力も膨大——した人間として戦争に駆り出されたなら、私は確実に精神を病んでしまう。戦時下で軍人同士の争いは合法だが、実際には人殺しだ。命の価値が安い世情だが、前世の価値観を大いに引き摺《ず》っていて精神が壊れる。もう一つの懸念《けねん》が、私が戦場に出ればジークとリンも巻き込むことで、それだけは絶対に避けなければならない。

「どうした、ナイ?」

「ん、なんでもないよ。さて、終わったし帰ろう」

もう済んだことで、深く考えても仕方ない。時間も時間だし教会の宿舎に戻ろうと、首を傾げているジークとリンに声を掛けた時だった。

「お待ちなさいな!」

「え」

セレスティアさまが鉄扇を豪快に広げ口元に当て、帰ろうとした私たちを引き止めると、ソフィーアさまとマルクスさまが呆れた顔を浮かべている。

「黒髪聖女の双璧と呼ばれているお二人にお願いがありますわっ！　わたくしとも勝負してくださいまし!!」

「おい……お前、さっき言ったこと反故《ほご》にしてんじゃねえよ……負けた時のことを考えろっつっただろうが！」

「勝てば問題ありませんわね」

「……はあ」

マルクスさまがまたありありと息を吐く。説得を諦めたようで両手を広げて肩を竦《すく》めたので、もう好きにしろと言いたいようだ。

「セレスティア。流石に教師の方々の時間もあるし、騎士科の者の自主訓練もある。試合の申請を出していないなら別の日に改めろ」

諦めたマルクスさまの意思を継いだのはソフィーアさまだった。その言葉を聞くとセレスティアさまの鉄扇が勢い良く閉じられた。

「仕方ありません。久方ぶりに実力のある方にお会いして血が騒いでしまいましたわ。みっともないところをお見せ致しました。ですが、いずれお二人とは手合わせ願いたいものです」

「騎士として未熟な身ではありますが、申請が通った際にはよろしくお願い致します」

セレスティアさまの言葉に礼儀的に返すジークと騎士の礼を執るリン。まんざらでもない様子だから、強い方との手合わせは歓迎のようだ。騎士科で揉《も》まれているし、実力を試すには良い機会なのだろう。

ジークの言葉に微笑みを持って返事とし優雅に去っていくセレスティアさま。彼女のあとをマルクスさまが追いかけ、少し遅れて『ではな』と私たちに告げてから二人のあとをついて行くソフィーアさま。

「なんだか嵐が去ったみたい」

「だな」

「ね」

訓練場に残った三人で、おかしくなって笑い合うのだった。

◇◇◇

伯爵さまのお誘いから戻ったジークとリンが、私の部屋にやってきた。私は宿舎の食堂で晩ご飯を済ませ、二人は伯爵邸で済ませているので、あとはお風呂に入って寝るだけ。遅い時間だし手短な話だろうと踏んで、部屋の前の立ち話で良いかと、そっくり兄妹《きょうだい》の顔を見上げる。

「ナイ……」

「……」

「どうしたの、ジーク、リン。凄く重苦しい雰囲気醸《かも》し出して……美味しいもの食べすぎた？」

二人はいつになく神妙な顔になっていた。

「クルーガー伯爵がナイに会いたい、と」

「え？」

「ナイに頼みたいことがあるって……」

苦虫を噛み潰したような顔のジークと困り顔のリン。背の高い二人が部屋の前でずーんと重い空気を背負って佇んでいた。

「とりあえず、部屋に入ろう」

内容的に誰かに聞かれるのは不味かろうと、手招きして二人を自室に招き入れる。

「すまん」

「ごめんね」

ジークとリンが二人してしょぼくれているのは珍しい。

「二人が謝る必要はないよ、大丈夫。あ、ちょっと待ってて、お茶淹《い》れてくる」

少し長くなりそうだと考え、食堂からお茶を拝借しようと部屋を出る。伯爵さまと二人が交流を深めてクルーガー家へ迎え入れる話ではなかったのか。彼らから話を聞いていると、伯爵さまが家へ迎え入れたいのは本音のようだったのに。お茶を淹れつつ、あれこれ考えるよりも二人から話を聞いた方が早そうだと、木で作られたマグカップを三つ持って部屋に戻る。

「お待たせ。伯爵さまが私に会いたいって、治癒依頼かな？」

お貴族さまが個人の私に用なんてある訳ない。二人に淹れたお茶を渡しながら、椅子へ腰掛ける。ジークとリンのようにお貴族さまの落胤なら、用があることに納得できるけれど。私へ用事があるなら聖女としてのみだ。

「内容は伝えられていない」

「……」

「んー……。まあ、治癒依頼だろうね。私はジークとリンみたいに伯爵さまと接点はないから、違うかもしれないけれど」

しかしまあ二人とも凄く渋い顔をしている。これならお茶じゃなくて甘いモノを淹れてくれれば良かったとマグカップを両手で持って中を見ると、妙な顔をした己の顔が映っていた。

「日時とか聞いてる？」

マグカップから視線を変え、ジークとリンの顔を見る。

「ああ、早めに使者を寄越すと言っていた」

「そっか。じゃあその時に内容が分かるかな」

伯爵さまの要望次第では学院を休むことになるし、いろいろ考えておいた方が良さそうだ。マルクスさまも同席する可能性だってある。まずは教会に一報を入れて、公爵さまにも知らせておこう。治癒が目的でも、裏になにが隠されているのか分からない。

「すまん」

「ごめんね……」

「だから、二人のせいじゃないから謝らなくて良いって。なんて顔してるのー」

二人の問題が私に波及して思うことがあるようだが、そんなに難しい顔にならなくても。リンは先ほどから『ごめん』としか言わないし、元気もない。

「ほらー、リン。そんな顔しない」

両手を伸ばしリンの頬《ほお》を挟んで、うにうにと手を動かす。ジークは男性だから、リンに手を伸ばしておいた。聖女は現役時代は準お貴族さま扱いで、役目を終えれば陛下から一代限りの爵位を叙爵される。だから男の人との接触は控えた方が良く、二人きりになるのも避けている。幼馴染《おさななじみ》で家族のような関係だから、男女の仲とか考えたことはないけれど、周囲からそう見られ問題となる可能性は大いにある。

「にゅう」

「あはは！　変な顔〜美人が台無し！」

背が高く細身のリンであっても頬にはそれなりにお肉が付いているので、むにむに動いている。こういう時に遠慮するものじゃないから、他人には見せられない表情になっていて面白い。くつくつと笑っていると、リンがもぞりと動く。

「にゃい……うー……」

リンの顔を揉んで楽しんでいたことが嫌になったのか、彼女の腕が私の腰に回る。

「――っと！　危ないよ、リン」

座っていた椅子が傾いて、リンの方へ引き寄せられた。肩に顔を埋《うず》める彼女に、私も腕を回して軽く抱きしめる。

「迷惑じゃない？」

「どうして？」

「だって、面倒なことになってる……」

「まあ……予想外の展開になっているけど、面倒だなんて思わないよ。私の働き次第でリンとジークの待遇が良くなるかもしれないから、頑張らなきゃね」

リンの背中を撫でながら、ジークへ視線をやると微妙な顔をしていた。なにか思うことがあるようだが、彼らの待遇は伯爵さまと本人たちが決めることである。私はいつも通りに治癒を施して、良い方向へ向かうならば気張らないと。面倒や大変なことは貧民街時代にさんざん経験して慣れている。依頼なら、そよ風程度だ。

「うー……」

なにか消化しきれないものが彼女の中にあるのだろう。言葉にならず唸っている。

「って、リン！　リンっ!!　締まる、締まってる!!」

痛い、かなり痛い。今、サバ折り状態になっているから。ジークも見ているだけで、止めようとしてくれないし。

ったた。

「あ、う。ごめん、ナイ」

へにゃと情けない顔をする彼女になにも言えなくなる。仲間内みんな、リンの今の顔に弱い。だから彼女に対して甘いところがあって、人付き合いや喋るのが苦手な面を無理に直そうとはしなかった。

「良いけれど……もう少し加減してくれると助かるよ」

うん。魔力で肉体を無意識に強化し力が強いのだ。魔力を体の外へ出せない人に強く出る特徴だけれど、魔力を外に出せる聖女や魔術師は彼らに比べて体の力が弱く抵抗するのも難しい。

「もう遅いから、お風呂に入って寝よう。ね？」

「一緒に入ろう？」

「はいはい、リンの甘え癖は治らないねえ。——ジークもあとで入るでしょう？」

片眉を上げながらリンを見て苦笑いをする私は、直ぐにジークへと視線を移した。

「ん、ああ。そうする」

ジークは困った顔のまま返事をくれた。伯爵さまの依頼内容が分からないけれど、治癒依頼なら教会を経由しなければならないので、こうなりゃ伯爵さまから寄付金はきっちり頂く、と心に決めるのだった。

◇◇◇

──親子だ、こりゃ。

マルクスさまがジークとリンを見て、一瞬で既視感を抱いたのも仕方ない。そのくらい伯爵さまと二人は似ていた。

昨日、宿舎にやってきたクルーガー伯爵家の使いは、当主からの手紙を私へ寄越した。内容はその場で確認して良いとのことで、教会職員から借りたペーパーナイフを手に取って丁寧に開くと、綺麗とは言い難い文字で『黒髪の聖女さまを伯爵家に招きたい』と書かれ、時を同じくして教会から私のもとへ要請が入った。

伯爵さまからの治癒依頼だと告げられ、日付や時刻も一緒に知らされた。伯爵さまの手紙に書かれていた日付と同じで、教会を経由した治癒依頼、尚且《なおか》つ個人的な『なにか』があるのだろう。そして、依頼日当日になったのだ。

伯爵邸の正門を抜けて真《ま》っ直《す》ぐに屋敷へ繋がる道を馬車が進み、馬車回しで止まるとジークたちが先に馬車から降り彼が手を差し出してくれた。

「ありがとう、ジーク」

今日は聖女として正式な訪問となっているので、聖女の衣装を身に纏っているし、ジークとリンも教会騎士として控える。公爵さまの家よりも敷地面積や建屋は小さいけれど、豪邸の域を超えている屋敷がどっかりと鎮座していた。騎士家系だから、貴族街に建てられている家々よりシンプルな造りだ。

「大きいねえ」

立派な屋敷を見上げる。シンプルな造りだが凝っている所は凝っているし、修繕しつつ家の歴史を引き継いでいる部分が所々見受けられた。

「伯爵さま、だからな」

「うん」

ジークとリンが玄関先を見ると、燕尾服《えんび》を着た年配の執事さんが迎えてくれる。二人とは顔馴染みのようで、軽く挨拶《あいさつ》を交わしていた。彼に招き入れられた玄関ホール正面、一番上の階段から、ボルドー色……暗い赤色の髪を揺らしながらゆっくりと下りてくる男性が、小さく腕を広げた。

「ようこそ聖女さま！　ジークフリード、ジークリンデもきてくれたのだね、嬉しいよ!!」

年齢は四十歳前後だろうか。私の後ろにいる二人に凄くそっくりな男性は、年齢の割にテンションが高い。三人を見れば一発で親子と分かるから、ジークとリンの落胤問題が今まで浮上しなかったのは奇跡に近い気がする。

「閣下、本日はお招き頂き感謝致します」

静かに聖女の礼を執る途中、伯爵夫人らしき方が視界の端に映り込んだ。私を品定めしているような目で見ており、心中穏やかではないようだ。

「いいえ、とんでもない！　わざわざ邸《やしき》までご足労頂き申し訳ない。ただ、屋敷で施術を行って頂ける方が問題は少ないもので……」

「お気になさらないでください。さまざまな事情が有るのは教会も当方も理解しております。早速で申し訳がないのですが、治癒をご希望の方はどちらに？」

伯爵さまは至って元気そうだから施術を望んでいないだろう。奥方さま、使用人もしくは離れに匿《かくま》っている愛人であろうか。

「ええ、私の妻でございます。こちらへきなさい」

「はい、旦那さま」

伯爵さまに呼ばれて一人の女性がしずしずと歩いてくる。彼女はマルクスさまに似ていると瞬時に判断できた。

治癒を希望する方は伯爵夫人のようだ。教会経由で依頼を受けていたものの当日まで内容を伏せたいと希望され、ジークとリンも伯爵さまからなにも聞かされていなかった。てっきり匿っている愛人の方かもと失礼なことを考えていたので、伯爵さまの株が少しだけ上がる。

「よろしくお願い致します、聖女さま」

「こちらこそ、よろしくお願い致します」

夫人の顔を長々と見る訳にもいかず、ほどほどのところで視線を逸らして、聖女の礼を執って顔を上げると彼女は微笑んでくれた。マルクスさまに似ているのに、纏う雰囲気は穏やかで優しい。なんだか意外と感じつつ、私は周囲を見渡した。

「流石にこちらで術を施す訳には参りません。別室をご用意頂けると助かるのですが……」

落ち着いて施術できる場所が良いし、人目は少ない方が良い。

「ええ、もちろんですとも！　来賓室にご案内致しましょう」

テンション高めな伯爵さまと静かな伯爵夫人。玄関ホールから来賓室へと向かう対照的な二人の背中を見つつ、どんな夫婦関係か気になるが良く分からない。ジークとリンは伯爵さまが作った愛人の子だから、夫人が二人を目の敵《かたき》にしても仕方ない。彼らの過去を知れば同情するかもしれないが、自分が産んだ子の嫡男の地位が危ぶまれるのだから。

ちなみに今日は普通に登校日だったが、学院を休んでこちらまできている。ジークとリンには別の教会騎士に護衛を頼めば良いから学院に行けと言ったのに、聞き入れてくれず私についてきた。実技だけじゃなく座学の授業もあると説得しても、首を縦に振ってはくれなかった。

「どうぞ、お掛けください。今、茶を用意させましょう」

「閣下、申し訳ありませんが今は治癒を優先させて頂けないでしょうか？　夫人もご了承頂けると良いのですが……」

「ああ、そうですな。では終わり次第美味《うま》い茶を淹れましょう。聖女さま、どうか妻の病気を治してください」

伯爵さまは大仰《おおぎょう》な動作で胸に手を当て、こちらに敬意を払った。

「はい、全力を尽くします」

私は小さく礼を執ったあと、伯爵さまの身振り手振りを見つつ奥方さまへと向き直る。

「夫人、少し聞き取りをさせて頂いてもよろしいでしょうか？」

「はい。答えられるものならば」

とまあ椅子に座り、夫人へ問診を開始する。どうやら長年腰の痛みが酷いようで、最近は歩くことすら辛くなってきているそうだ。ドレスにヒールが標準装備のお貴族さまである。そりゃ余計に負担が掛かって仕方ない。家であれば楽な格好でいられるが、外出や社交に出たなら長時間立ったままとか、馬車に長い間揺られることもある。我慢したばかりに酷くなってしまった典型例だなあと、目を細くしつつ夫人を見つめ。

「よく我慢なされていましたね……」

痛みに耐えたのは立派だが、早く治癒を申し出ていれば簡単に治っていただろう。完治するには何度か分けて治癒魔術を施さないといけないから、その辺りも説明しておかないと。ここまで放置していたのは何故と気になるが、患者さんのプライベートには首を突っ込まないのが鉄則である。

「治癒を施します。申し訳ありませんが、女性以外は部屋を出て頂いてもよろしいでしょうか？」

「構いませんが、どうして？」

伯爵さまが不思議そうな顔で私に問う。

「服を着ていない方が魔術の通りが良いのです。少しではありますが、効果も上がります」

「なるほど、理解致しました。――皆、出るぞ」

男性陣が部屋を出れば、来賓室の中には夫人と壁際に控えている伯爵家の侍女さん数名にリンと私だけになる。外には伯爵家の護衛が控え夫人になにかあればすっ飛んでくる。伯爵さまが退室を簡単に呑《の》んだのは、ちゃんとした理由があるからだ。

「そろそろ大丈夫ですね。高貴な方に申し上げるのは気が引けますが、軽く服をはだけてください」

流石に全裸になれとは言わないし、そこまでする必要もない。私の言葉に頷いてするすると服をはだける奥方さま。毎日侍女さんに着替えを手伝ってもらい、お風呂も介添えが就いているのだろう。脱ぐことに抵抗はなさそうだった。

「では失礼します――〝君よ、陽《ひ》の唄を聴け〟――〝吹け、命の躍動よ〟」

詠唱《えいしょう》して治癒魔術を施す。とりあえず自然治癒を促《うなが》す魔術と悪い患部を治す魔術の二種類をかけた。地味な効果だから直ぐ表れる訳ではないし、日を置いて重ねがけもしなきゃいけない。ただ長年、痛みに悩まされてきたならば、高度な治癒魔術は控えた方が良いだろう。急に治って無茶をされても困るから。

「あ……鈍い痛みが引きました」

「良かったです。ですが先程も申した通り、長年我慢していたことで何度か施術が必要になります。また伯爵邸に訪れることをご了承ください」

「分かりましたわ。もっと早く黒髪の聖女さまに診て頂ければ良かったのですね」

柔らかい顔で言葉を紡《つむ》ぐ夫人。まあ、いろいろと事情があるのだろう。我慢強さも美徳とされて、弱っているところを見せられないこともある。侍女の方に一つ頷き奥方さまの施術を終えたことを外に知らせてもらい、伯爵さまとジークと護衛の男性陣が部屋に戻ってきた。

「聖女さま、この度は妻の持病を治して頂き感謝申し上げます」

伯爵さまは私の顔を見るなり、にっこりと笑みを浮かべ両手を広げる。お礼は要らないので、後日教会から申請される費用を払って頂ければ良い。後払いにしているから、時折ケチをつけ値下げ交渉に踏み切る方や、バックレようとする人がいる。その時は強面《こわもて》な騎士の皆さまが取り立てに伺《うかが》うことになっていた。

「いえ、お気になさらず。申し訳ないのですが、まだ完治したとは言い切れず何度か治癒を施します」

「おや、一度での快癒《かいゆ》は無理でしたか……」

侍女さんがティーワゴンを押し、少し離れた場所で紅茶を用意し始めた。良い香りが漂っているので、上物を使用しているのだろう。席へ促された私は、高級なソファーに腰を下ろす。

「はい。高度な魔術を使用すると、術者が放った魔力に酔う可能性もあり、悪い影響を与えかねません」

施術を受けた人の魔力量にもよるけれど、上級の治癒魔術を使用して怪我を治すと、時折魔力酔いを起こす患者さんがいる。魔力酔いを起こす人は大抵、所持する魔力量が低い。膨大な魔力量を有する私が上級魔術に分類される治癒を使うと、結構な割合で患者さんが魔力酔いを引き起こす。

教会からは、何度か分けて治療するようにと仰《おお》せつかった。緊急時は致し方ないが、切羽詰まっていないなら今回のように何度か患者さんのもとへ足を運ぶ。

「それは、それは。して寄付は増えてしまうので……？」

伯爵さまは、侍女さんから差し出された紅茶を受け取り、ソーサーからティーカップを持ち上げて一口紅茶を啜《すす》った。小指を立てているのが気になるけれど、見ない振りをする。

「完治までがお約束ですから、寄付は教会が定めているもので構いません」

私が特殊なので、何度か足を運ぶにあたって寄付金の増額はしない。伯爵さまが気にしたのは教会が定めた馬鹿高い寄付金のかさ増しだろう。いわゆる西洋医学は発展しておらず、外科的治療も遅々《ちち》として進んでいない世界。治癒魔術を使える人間がいるばかりに、医学発展が滞《とどこお》っているためだ。とはいえ施術行為でお仕事をさせて頂いている身だ。文句は口にできない。

「そうでしたか、これは失礼を」

にんまりと笑う伯爵さま。伯爵家は金銭的に困窮しているのだろうか。歴代のご当主は近衛《このえ》騎士団団長に任命されるから、そんなことはないはず。まあ気にしても仕方ないと、伯爵さまに微笑み返して口を開く。

「仕方ありません。馬鹿にならないものとなりますから」

繰り返しになるが、私なら絶対に利用しないと言い切るくらいには寄付額設定が高い。お貴族さまと平民とで値段を分けているが、ぼったくり価格だろう。

「ええ、ええ。教会も、もう少し民に寄り添って頂けると良いのですが」

「教会に伝えておきますね」

マルクスさまの言葉遣いは乱暴なのに父親である伯爵さまはかなり丁寧だ。あまり騎士っぽくないなあと、失礼な気持ちになると部屋の扉が開いた。

「親父、お袋、なにやってんだ……アンタらもなんでいる？　学院、サボったのか？」

いきなり顔を出したのはマルクスさまだった。ただ、どうして彼が顔を出したのだろう。家の子息でも、来客に取る態度ではない。

ここ何度か彼と接しているが、言葉遣いは乱暴なものの礼儀に欠けているとは思えない。なら、教会の馬車を見て従者から黒髪の聖女がきていると聞き、こうして顔を出したのか。

「マルクス、お客人に失礼な態度を取るものじゃない」

「確かに親父たちの客かも知れんが、ソイツは学院で同じクラスだ。ジークフリードとジークリンデは顔合わせしているから問題ないだろ」

伯爵さまがマルクスさまに注意するが、当の本人はどこ吹く風である。

「ソイツ呼びも止めなさい。彼女は聖女さまだ」

「知ってる」

「なら、尚更《なおさら》ではないか」

「学院生じゃねえか。今は構わないだろ……」

確かに彼の言う通りまだ学生なので問題は……――いや、ある。今回は聖女として訪れているので、彼にはそれなりの態度が必要なはず。本当、この辺りの感覚は社会に出ないと身に付き難いのか。ガシガシと頭を掻きぶっきらぼうな彼の態度に苦笑いしつつ動向を見守っていると、伯爵さまが先に折れた。

「聖女さま、息子が失礼な態度を取って申し訳ない。あとで言い聞かせておきますので、お許しください」

椅子に座ったまま黙礼する伯爵さまに、ゆっくりと首を左右に振る。

「いえ、お気になさらず」

お貴族さまに謝罪されると受け入れなければならない。とはいえもう慣れている。そしてマルクスさまの言葉遣いにも。

「で、治ったのか？」

母である夫人の持病が気になっていたようだ。どかりとソファーに座って私に視線を寄越してくるマルクスさま。

「いえ、完治はまだです。もう何度か施術を行う必要があります」

私の言葉を聞いた夫人が椅子から身を乗り出して、マルクスさまの顔を見る。

「でも鈍い痛みは引いたし、随分と具合は良いわ」

彼を見た夫人が機転を利かせてくれ、マルクスさまの片眉がぴくりと上がる。

「そうか。治るようで安心した」

マルクスさまはもう用はないとばかりに立ち上がって、部屋を出ていくのだった。

「本当に息子が失礼を」

伯爵さまが困った顔で私に告げた。夫人もマルクスさまの態度が気になるようで、小さく息を吐いている。

「母親思いの良い息子さんではありませんか」

家族を持ったことは一度もなく、親子の感情は理解し辛いけれど。一般常識と照らし合わせれば、十五歳の思春期真っただ中の男の子が母親の心配をするのは珍しい。私の言葉に、後ろで控えていたジークとリンが目を細めていたことなど露《つゆ》知らず、何度か伯爵とやり取りをして屋敷から去るのだった。

◇◇◇

伯爵邸から教会宿舎に戻ると随分と遅い時間だった。早々に夕飯を済ませ、お風呂に入り、学院の授業の自習と予習を済ませ就寝すれば夜が明ける。身支度をして馬車に乗り込み学院へと着いた。いつもの場所でジークとリンと別れて特進科の教室を目指し、いつものように自席に座り一限目の授業を受ける準備をしていた。

ふっと陰るなにかに気が付き顔を上げれば、マルクスさまがむっとした顔で立っていた。彼の隣には婚約者のセレスティアさま。私から声を掛ける訳にはいかず、失礼にならない程度に彼の顔を見ていると、ガシガシと頭を掻きながら口を開いた。

「悪いな、お袋の持病を診てもらって」

「まあっ！　マルクスさまがお礼を述べていらっしゃいますわっ！　といっても、もう少し言い方はどうにかなりませんこと？」

「うるせえ！」

いつもの夫婦漫才が始まったなあと二人を眺めるのだが、まさかマルクスさまからお礼を言われる日がこようとは。意外な展開に少々驚きつつも、言い合う二人は止まらない。高位貴族なので誰も二人を止められないなあと、遠い目になっていると救世主が現れた。

「教室の出入り口近くで騒ぐな。邪魔だ」

薄い紫色の目を細めて、登校してきたソフィーアさまが苦言を呈《てい》した。

「あーらソフィーアさん。相も変わらず真面目で堅物だこと。そのような調子では殿下に嫌われてしまいますわよ？」

セレスティアさまの漫才の矛先《ほこさき》がソフィーアさまに移った。なんだか少し前の胃薬をくれと願っていた頃に戻ったような気がするけれど、気のせい気のせい。今日のソフィーアさまは殿下と別行動のようで、一緒に登校していない。まだ関係改善に努めているようだから、今後殿下とソフィーアさまの関係が上手くいくと良いのだが。

「そうだな。だが、以前より状況は良くなっている。嫌われていると決まった訳ではない」

ソフィーアさまが顔色一つ変えず言い放つと、セレスティアさまの口の端がひくりと動いた。

「本当に貴女は嫌味な方ですわね」

「そうか。セレスティアに褒められて光栄だよ」

物騒なやり取りが日常化しているなと眺めていれば、一限目の授業の用意ができないまま予鈴が鳴り試合終了となるのだった。


——数日後。


もう一度夫人へ治癒を施すために伯爵邸を訪ねると、何故か伯爵さまが私を出迎えてくれた。私の護衛として、ジークとリンも一緒だ。事前に打ち合わせて、夫人に我《わ》が儘《まま》を聞いて頂き学院が休みの日を選んでいた。

以前と同じように玄関ホールで一言、二言交わして来賓室へ案内されると、奥方さまが静かに部屋の中で待っていた。

「本日もよろしくお願い致します、聖女さま」

「よろしくお願いします。ではさっそく治癒を行いますので……」

一度施術しているので、奥方さまも慣れているのか用意が随分と良い。ならばさっさと済ませ、休日を謳歌《おうか》しようと前回と同じ魔術を発動させる。話を聞けば奥方さまの調子は良いようで、日常生活が楽になったと教えて頂いた。順調に回復しているようで重畳《ちょうじょう》だ。

「次の施術で終わりにしましょう。また痛みがぶり返せば教会に連絡をしてください。その場合の寄付は望みませんので」

「はい。本当にお世話になりました」

前回よりも穏やかな表情の奥方さまに笑みを返す。長居は趣味ではなく、さっさと退散すべきと席を立つ。伯爵さまに玄関ホールまで案内され、もう一度別れの挨拶をしようと背すじを伸ばすと、伯爵さまが真剣な顔で私を見た。

「聖女さま。申し訳ないのですが、折り入ってお願いがございます」

こういう時のパターンって大体碌《ろく》なことがない。トンズラもできず、話を聞かなければならないのが聖女の悲しい運命だった。

「どう致しましたか、閣下」

「ええ、ここでは話し辛いので別室で……」

そう言って伯爵さまに来賓室とは違う部屋へ案内された。今日は少々我が儘を言って日程を決めていたから、これくらいは我慢するかと小さく息を吐いて指定された椅子へと座る。

「すまないが人払いを。特に聖女さま以外の女性は出て行ってくれ」

とまあ変わった命を下す伯爵さま。

「ジークリンデ、君もだ」

いそいそと出ていく侍女の人たちを見送り、リンへ顔を向けた伯爵さま。先ほどまでの雰囲気と打って変わって、なにか緊張したものを感じ取る。

「……でも」

剣呑な空気が流れ始めたことを感じ取ったリンは少し嫌がった。ただ、彼女が拒《こば》む素振りを見せるのは理由がある。

「閣下。申し訳ありませんが、教会騎士は聖女の側を離れると、護衛失格と言われております。どうか彼女が同席するご許可を頂けませんか？」

教会が定めたルールで、なにがあろうとも仕事中は聖女から離れるなと厳命されていた。聖女が命を失って騎士だけが生き残ると、不忠者《ふちゆうもの》と後ろ指を指される。

「しかし……」

「では、お話はなかったということでよろしいでしょうか？」

依頼であれば聖女に拒否権もあるので、断ることもできる。ジークとリンに関わる話なら彼女を追い出そうとはしないから、おそらく治癒依頼だろう。教会を経由しない不正規ルートだけれど。

「む……分かりました、仕方ありませんね」

後ろに振り向き、リンを安心させるように笑うと彼女も笑みを返してくれる。さて、伯爵さまになにをお願いされるのか。可能性は極めて低いが愛人にでもなれ――聖女の力を目的に望まれたことがある――とでも言われるのだろうか。それとも他になにか違うことを伯爵さまの口から聞くことなるのだろうかと、大きく深呼吸して心を落ち着かせる。

先ほどいた来賓室より質素な部屋は、時計の秒針が動く音が鳴り響いていた。対面のソファーに深く腰掛けている伯爵さまが笑みを深めると、両膝《ひざ》に乗せていた片方の手を上げ、手のひらを私の方へと向ける。

「さて、大仰になりましたが、これでようやく聖女さまと話ができますな」

「お話、ですか？」

「ええ。とても込み入った話となりますので人払いをさせて頂きました。驚かせて申し訳ありません」

「いえ……」

一体何事だろう。伯爵さまの行動が読めず予測を立てることができない。

「ずっと口の堅い聖女さまを探していたのですが、貴女さまを見つけることができました」

伯爵さまは貴族出身の聖女さまより平民聖女の方が御《ぎょ》しやすいと考えたのだろうか。私には後ろ盾がついている。公爵さまから伯爵さまのことを吐けと告げられれば、全て吐き出さなければならないのだが、彼は私の後ろ盾を考慮しているのか。

「私の症状を治すには、腕の良い方が相応《ふさわ》しいと聞きます。黒髪聖女の双璧と二つ名を持つジークフリードとジークリンデが守る貴女さまです。そして、騎士から貴女さまの噂も聞き及んでおります」

伯爵さまも病気を患《わずら》っているようだ。見る限りは元気で、病人の雰囲気は感じられない。治癒魔術が上手い人は患者さんの失った肢体《したい》を再生できるし、天国に旅立つ人を引き留められる。私は魔力を頼りに術を発動できる回数の多さが、他の方より特出しているだけ。

「わたくしの治癒師の腕前は平凡なものです、閣下」

勘違いされても困るので正直に伝えると、ゆるゆると首を振る伯爵さま。面倒なお願いだったらどうしようと困り顔になるのを自覚すれば、また彼は口を開いた。

「ご謙遜《けんそん》を。妻の持病は何度か他の聖女さまに診て頂いたことがあるのですよ。彼女が長い年月、痛みに耐えてきたのは治癒が効かなかったことも理由にあるのです」

患者と術者の相性もあるので、合わなかっただけではなかろうか。なにかを噛みしめるようにゆっくりと目を伏せた伯爵さまは、暫くしてゆっくりと目を上げ私を捉えた。

「二人の母親が亡くなったことは残念でなりませんが……ジークフリードとジークリンデに生きて会えたことを感謝しております。彼らから聞きました。貴女は命の恩人なのだと」

随分と大袈裟に話を伝えられている。

「それは違います、閣下。あの頃のわたくしたちは弱く、罪を犯したこともあります。生きることに精一杯で、一人で生きていくことは叶わなかったでしょう」

今でこそ笑い話だけれど、教会に救い上げられる前まで生きるか死ぬかの瀬戸際だった。たった一人では生き残れなかっただろう。仮に生き残れたとしても精神を病んでいる。今を生きていられるのは、私に仲間がいたからだ。

「わたくしの後ろに控えているジークフリードとジークリンデ。そしてあの時一緒に過ごしていた仲間がいなければ貧民街で死に、こうして生きてはいなかった」

もちろん力尽きて死に別れてしまった子もいる。守れなかった子もいる。私たちは……私は、そんな彼らを踏み台にして生き残ったのだ。

「皆はわたくしを命の恩人と言いますが、彼らはわたくしの命の恩人です。対等な仲間なのです」

聖女と騎士となれば明確な主従関係だから、分かり辛いのは理解している。外から見ているだけの人なら尚更だろう。……外面《そとづら》だけしか見えていない人や、見ない人には、どう思われようと関係ないけれど。

「いや、驚きました。聖女さまと二人は主従だと判断していたのですが。どうやら私の目が曇《くも》っていたようだ！」

ははは と笑う伯爵さま。それより話が逸れてしまっている。

「閣下。本題に入りませんか？」

「——……ええ、ああ。そうですな」

ごくりと伯爵の喉仏《のどぼとけ》が動くのが確りと見えた。

「誠に口にし辛いのですが、私、勃《た》たなくなりまして……」

「……」

嫌な予感がしてきた。いや、うん、まあ…………本人には大問題かもしれないが。片手で顔を覆《おお》いたくなるのを抑えて伯爵さまの顔を見た。先程まで彼に抱いていた評価が地の底まで落ちた気がする。リンを部屋に残すべきじゃなかったと今更後悔した。

「ええ。私の分身が、です」

言い直さなくても分かるちゅーねん、と叫びたい気持ちを必死に我慢する。

「ここ最近、元気がありません。年齢もあるのかもしれませんが、まだまだ私は現役でいたいのです！」

不能に対応している魔術はある。魔術師の誰かが必死こいて考案したのだろう。いつまでも現役でいたい欲求は世界や時代が変わっても、不変なもののようだ。ただ、加齢に運動不足や喫煙その他もろもろの理由が原因かもしれないので、説明をしておかなければ。

「聖女さま、どうか治して頂けないでしょうか!!」

がばりとソファーから立ちあがり、テーブルから身を乗り出して私の手を摑もうとした伯爵さまをジークが制した。

「伯爵閣下であれど安易に聖女さまに触れてはなりません。失礼ですが止めさせて頂きました」

ジークの声が半トーンほど低くなっていた。どうして怒っているのか分からないけれど、伯爵さまの行動を止めてくれたことは正直有難い。

「……ジークフリード――いや、止めて頂き感謝する、護衛殿」

「はっ！　出過ぎた真似、申し訳ありませんでした」

私は、シリアスなのかギャグなのか訳の分からない状況に頭を抱える。いや、寄付さえ払ってくれれば治すけれどね。……はあ。

◇◇◇

突然、伯爵さまに別室へ連れ込まれ神妙な顔でなにを言い出すかと思えば、勃起《ぼっき》不全を治してほしいと願った。治すことはやぶさかではない。過去に変態魔術師たちが必死こいた末に考案した魔術が存在するのだから。しかしよくもまあ、教会も聖女に不能改善魔術を教えたものである。

地位の高い人なら、子を沢山残すのは義務みたいなものだ。ただ伯爵さまのように浮気癖がある人は、面倒事の種をえっさほいさと蒔《ま》いているだけ。伯爵夫人はたまったものじゃあないだろうと、失礼を承知で伯爵さまをジト目で見る。

「治りますか、聖女さま」

先程、身を乗り出して制止したジークは元の位置へと戻っていた。背中に刺さる視線が痛いのだが、承諾するなという彼の無言の圧力だろうか。割と深刻な顔をしている伯爵さまに、呆れ顔を浮かべている伯爵さまの護衛数名と怒っている雰囲気のジーク。そして部屋の中でたった二人の女であるリンと私。

「それは……施術を試みて効果があれば改善できるはずですが」

不能改善魔術を教わったのには理由がある。不能の悩みを相談する男性お貴族さまは多く、教会からすれば良い金蔓《かねづる》だ。術はシスターや先任の聖女さまからではなく、神父さまから教えを受けた。秘匿《ひとく》されており、他言無用と厳しく言い含められている。想定外の個人依頼だと考えていたら、内容も予想外だった。

「ですが？」

「原因を探らなければ根本的な解決にはならないかと」

「歳を取ったことが原因では？」

もちろん加齢が一番の原因で簡単に説明しやすく理解もしやすいものだけど。他にも複合的な理由が重なる場合もある。何故こんなに詳しいのか……前世で職場の上司が酒の席、ようするに酔った勢いで不満をぶちまけたのである。ドン引きする女性陣と、まだ正気を保ち宥《なだ》めている男性陣を尻目にお酒を嗜んでいた記憶が残っていた。性欲は人間の三大欲求だし捌《は》け口を一つ失えば、そりゃストレスになるだろう。伯爵さまにはお金と権力があって、女好きときたものだから、男性の象徴を失うのは以《もっ》ての外《ほか》なのかもしれない。

一連の説明をしたあと伯爵さまが感心したように頷くけれど、彼は真面目に聞いているのだろうか。お酒でも入っていれば冗談を交えながら話せるが、年齢制限で飲めないし。

「お詳しいのですね、聖女さま。やはり貴女を選んで正解でした」

他の聖女さまも施術できます、とは言い出せず黙って伯爵さまの言葉を受け取る。治る可能性が出てきて安心したのかソファーの背凭《せもた》れに背を預ける伯爵さまは、凄く幸せそうな顔をしていた。

「では早速ですが、施術をお願いしても？」

「その前に確認したいことがございます。改めて、閣下……教会を経由して依頼をお出しください」

はっきり言えば、面倒事に巻き込まれたくない。教会を経由してくれれば盾になってもらえるので、個人的な依頼ではなく正式な依頼として受けたい。

「いえ、それは無理な話でございましょう。周囲に知られたくないのでこうして機会を窺っておりました」

「施術の内容には守秘義務が課せられますので、ご安心を。あと一つ、わたくしの護衛二人を伯爵邸に招き入れたのは、閣下の施術が目的ですか？」

「ジークフリードとジークリンデを我が屋敷に招いたのは、単純に私の子供が見つかったからです。二人は私にそっくりなのに今まで情報が入らなかったのは、周囲は承知の上で黙っていたのでしょうねえ」

いやはや息子の報告には驚きましたと言葉を付け足したので、二人のことは本当に最近知ったようだ。

「あと守秘義務の件ですがね、そんなものはあってないようなものですよ。貴族出身の聖女は自分の家が有利になると考えれば、義務を簡単に破ります。仮にご本人が黙っていても、家から脅され喋らざるを得なくなる場合もある」

だからこそ教会を経由しない個人的な依頼です、と伯爵さま。彼の顔には気迫が込められており、どうやら逃げることは不可能なようだ。ならば諦めて施術をするかと気持ちを切り替える。もちろん寄付をふんだくる腹積もりで。

「ナイ、良いのか？」

「うん」

腰を折って私の耳元で囁《ささや》くジーク。逃げられない状況だし、伯爵さまも覚悟を持って私に告げたのだろう。お世継ぎはいるし元気なのだから不要な気もするが、浮気性の彼からすれば大問題。伯爵夫人の気苦労が窺えるが、彼女の意思など無視のようだ。

「お待ちくださいませ、聖女さま!!」

突然の乱入者に何事かと声が聞こえた方へ顔を向ける。伯爵さまもジークもリンも、護衛の騎士の方々も同じで一斉に部屋の扉へと向けられていた。

「なっ！　どうして入ってきた!!」

「どうして入ってきたですって!?　侍女や侍従が部屋の外に立っていれば、なにかあったと推測できましょう!!」

乱入者は伯爵夫人だった。凄い剣幕で伯爵さまを責め立てているのだが、今の構図をどこかで見たことがある。……あ、そうだ。マルクスさまとセレスティアさまの夫婦漫才だ。今、目の前で起きていることは漫才よりも、まさしく夫婦喧嘩と表現する方が正しいけれど。

「え、私が勃たないことバレてたの!?」

幾度かの言い合いの末に伯爵さまが自爆すると、夫人はこめかみを押さえながら口を開く。

「バレるもなにも、食事に盛っていたのですよ!!　節操のない貴方のためにっ！　これ以上の厄介《やっかい》事《ごと》を家に持ち込まないでくださいませ!!」

伯爵さまの不能の原因は奥方さまが薬を盛っていたからだった。本来なら犯罪だが、お貴族さまである。死なない程度ならば良いらしい……。本当かどうかは分からないが。

「今の今まで貴方がこさえた問題を、私は裏で処理していたのです！　それを、なにも！　貴方は理解もせず次から次へと乗り換える始末!!」

伯爵さまの女性遍歴《へんれき》は大変に素晴らしい上に好き勝手をし、事後処理は伯爵夫人が行っていたようだ。隠し子がいればどこか遠くの領地へ転居させ生活を支援し、愛人さまの婚姻先を探す。それと引き換えに伯爵の子供だと名乗らないことを、一筆書かせて苦労をした……いや現在進行形で苦労していると。

「き、君が私に薬を盛っていたの……？」

「ええ、わたくしが！　聖女さま、どうか今回の件はなかったことになりませんか？」

夫人は伯爵さまから視線を外し、眉を八の字にして私を見る。

「もちろんです。夫人から信頼を得られているとは思いませんが、此度《こたび》の件は閣下と楽しくお話をしていただけ、ということに」

ジークとリンが伯爵さまの隠し子だったことで、長い時間一緒に暮らしている私から近況を聞いていたと言えば信憑性《しんぴょうせい》は少なくともあるし、この部屋にいる護衛の人たちにも偽証してもらえば良い。

「助かりますわ。皆も理解して頂戴《ちょうだい》」

奥方さまの言葉に一同騎士の礼を執り、私は聖女の礼を執る。そうして伯爵さまは奥方さまに首根っこを摑まれ部屋から連れ出されて行く。

将来、マルクスさまもセレスティアさまに婚姻後は確りと手綱《たづな》を握られるのだろうと、伯爵家の執事さんに玄関まで案内されながら微妙な心境で邸をあとにした。

――伯爵邸から帰る馬車の中。

ジークが物凄く不機嫌だった。リンは彼を見て不思議そうに首を傾げているだけで、理由を聞き出そうともしない。君のお兄さんなのだからもう少し興味を持ってなにがあったのか聞こうよ……と考えるけれど、そっくり兄妹の関係は淡白だ。いやジークはリンを大事にしているし、リンもジークを兄として慕っているけれど。思春期真っただ中だし、性別の差もあるから仕方ないのか。

「ジーク、そんなに怒らなくて良いじゃない」

「……怒ってはいない」

つい、と私から視線を外すジーク。リンは伯爵邸での部屋の中の出来事をあまり理解していないようだ。夫人が乱入した際にいろいろと色事に関して口走っていたから、ある程度は気付いていると考えていたのに。うーん、性教育がそろそろ必要だろうか。生理は教会の女性陣と私が教えたから、初潮の際にはパニックにはならず『ナイ……きた』と神妙な顔をして教えてくれた。十八歳になれば婚姻可能になるし、夜の知識もないと夫婦生活が上手くいかない。娯楽が少ない世界なので、楽しんでいる人たちもいるだろう。しかし……どうレクチャーすべきだろうか。知識が乏《とぼ》しい子に赤裸々《せきらら》に語るのは気が引けるから『初めての時は、目いっぱい足を開いておけ』としか助言が浮かばない。どうしたものかなと頭を掻きつつ、ジークに対して口を開く。

「これからもあるだろうし、慣れておかないとね」

「……ナイ」

ジークは盛大に溜め息を吐きながら、私の名前を呼ぶ。

「ん？」

「ナイは平気なのか？」

「平気というより、無心でやればなにも感じない……かな」

見たくはない代物だが……。魔物討伐の際、治癒のために服を脱がすことがある。怪我の状況を把握するため、全裸になっている男の人を診る。最初は吃驚《びっくり》したけれど慣れたし、相手から下心を感じ取れないなら不快にはならない。そもそも怪我をして痛みで苦しんでいるから、性欲は湧かないだろう。ナスやキュウリと一緒だと考えておくのが一番である。

私の言葉にジークがまた溜め息を吐くと、その後は教会の宿舎まで無言だった。遠出した時の帰りの馬車では大体、三人でだらだらと喋っていたり、私が寝落ちして宿舎に着いて起こされる。無言でもなにも感じないのが常だけれど、今日は少し空気が重い。まあ、こういう日もあるかと教会宿舎に辿り着き、食事を済ませ、いつも通りに学院から出た課題や予習復習に時間を割《さ》いて、お風呂に入って就寝する。

翌日、学院へ行くとマルクスさまが微妙な顔で私を見つつ、なにか喋りたそうにしているけれど、内容が内容だから結局諦めて静かに席に座っていた。彼を見たセレスティアさまが、明日は槍《やり》が降りますわねと割と酷いことを言い放つ。時間は直ぐに過ぎて放課後、教会職員の人から手紙を渡されたのだった。

黒髪の聖女さま、と綺麗な文字で綴られた手紙の裏面を見るとクルーガー伯爵家の封蠟が押され、微《かす》かに良い匂いを纏わせていた。これは伯爵さまではないと苦笑いをしながら、いつものように自室へ三人一緒に入り、私がペーパーナイフを使って丁寧に開封する。中身を取り出せば微かに香っていた匂いが強くなり、リンが鼻を鳴らして良い匂いと呟いた。

「夫人はなにを記している？」

中身が気になるのかジークが問うてきた。

「はい、読んでも問題ない内容だから」

大したことは書かれていない。昨日の施術のお礼と伯爵閣下が迷惑を掛けて申し訳ないと記されたものだ。もちろん話は暈《ぼか》しており、当事者だったジークなら読めば夫人の言いたいことが分かるはず。ジークは読み終わるとリンにも手渡した。手紙へ視線を落とす彼女が微妙な顔を浮かべた。

「夫人の苦労は察するが……」

「ジークとリンは複雑だよね。悪癖は治らないみたいだし……。リンはどう思う？」

「えっと。難しいことは分からないけれど……あの人に迷惑は掛けたくはない」

「あの人って？」

伯爵さまではないだろうと感じつつ、抽象的な言葉なので確認を取る。

「んと、夫人。最初に会った時に、伯爵さまの不始末で迷惑を掛けてごめんなさいって言ってくれたんだ」

おや、そんなことが。奥方さまは伯爵さまの後始末に奔走《ほんそう》するばかりか、その子供に頭を下げているようだ。お貴族さまなのに人格者だと目を細めつつ、まだなにかを伝えようとするリンを待った。

「上手く言えないけど、あの家に行ったら駄目なんじゃないかなって」

クルーガー伯爵家の状況を察しているようだ。二人がクルーガー伯爵家の籍に入るのは良いことだ。騎士科の人たちのやっかみは減るだろうし、お貴族さまの女性陣から見目を目的に引き抜き要請を受けることも少なくなる。

でも本人の意思が一番大事。伯爵さまの命令となれば嫌でも籍へ入るだろうが、そうなる前に公爵さまに言えばなんとかしてくれる。

「嫡子に挿《す》げ替えたい子がいればその可能性が出てくるからね。それで担ぎ上げられるのはジークだけれど……どうするの？」

リンからジークへ視線を変えると微妙な顔をしていた。まあ、答えは決まっているだろう。以前から気乗りしない感じだし。

「行く気はないし、そろそろ食事会も止めたいが……」

「こっちから言い出せないよね」

「ああ」

どうしたものかねと三人で知恵を絞っても、力を持たない私たちはどうすることもできないのだった。

◇◇◇

陽が真上に差し掛かった王都の商業区画を俺とリンとナイ、そして孤児院で働いているサフィールで、ある場所を目指して歩いていた。道行く人々の間を縫《ぬ》いながら俺たちの前を歩く楽しそうなナイを見て笑みが零れる。ふいにナイがこちらに振り返り小さな口を開いた。

「ジーク、リン、サフィール。みんなが集まるのは久しぶりだし、話が終われば息抜きにいっぱい食べようね」

へらりと笑うナイが前を向けば、知らない誰かにぶつかりそうになる。彼女の腕をやんわりと取って自身の方へ寄せた。

「大丈夫か？」

「ありがとう、ジーク」

彼女の声に左右に頭を振った。ナイは小柄ゆえに雑踏の中では度々揉まれている。ちゃんと前を向いて歩けば良いのに、俺たちに食べ物の話がしたかったようだ。

「ナイ、危ないからちゃんと前を見なきゃ駄目だよ」

「う……ごめん、サフィール」

子供を諭《さと》すように告げるサフィールの言葉に小さくなるナイ。いつも通りの光景に、俺の横を歩いていたリンがナイに右手を差し出す。

「手繋ごう、ナイ」

妹の言葉にナイは苦笑いを浮かべて手を握り、二人仲良く人込みの中を歩き、俺の隣ではサフィールが肩を竦めて『相変わらずだね』と視線をくれ『そうだな』と笑う。ナイとリンの背を眺めながら、周囲に怪しい人間がいないか視線を送る。

――俺たち兄妹はクルーガー伯爵の隠し子だった。

本当なら諸手《もろて》を上げて喜ぶのかもしれないが、母の件や今更名乗り出たことに不信感しか湧かない。事実、クルーガー伯爵はナイを利用して己の都合を押し付けた。ナイが俺たちのために依頼を受け入れたあと、伯爵夫人により阻止されたのは幸か不幸か……。

これ以上クルーガー伯爵に関わっても面倒が増えるだけと、俺たちはハイゼンベルグ公爵閣下を頼った。閣下は違う貴族籍に入れば、クルーガー伯爵からの茶々は止まると言った。確かに閣下の息の掛かった家であればクルーガー伯爵は手を出し辛くなる。だが俺と妹は仲間を放り、自分たちだけが貴族籍へ入ることを渋った。

『ならば、お前さんたちで確り考えて結論を出せば良い』

数日前、公爵邸の東屋《あずまや》で閣下が告げた言葉だった。彼の力なら俺たちを力づくで貴族籍へ入れることが可能だ。無理に実行しないのは、閣下の優しさであり厳しさでもある。

周囲に気を配りながら、誰にも分からないように息を吐く。これから先、どうなるのか分からないが、自分が納得できる答えを出し続けていけば、きっと後悔はしないと前を見た。

「よお、久しぶりだな。元気してたか？」

に、と歯を見せながら笑い、軽く手を上げた少年を捉えた。良く知る彼は、孤児仲間のクレイグだ。予約していた店の前に立ち、中には入らず俺たちを待ってくれていた。商家に住み込みで働いている彼とは、顔を突き合わせる機会が少ない。学院の入学祝いに集まって騒いだのを最後に、暫く会っていなかった。

「クレイグ、久しぶり」

ナイが妹と繋いでいた手を放して、クレイグの前に立ち笑顔を見せた。あの顔は気を許した相手にしか見せないものだが、当のクレイグはにやりと笑って手を胸のあたりに移動させた。

「おう。ナイ……背、縮んでないだろうな？」

クレイグがナイを見下ろしながら、胸の位置にあった手を彼女の頭の天辺《てっぺん》へ移動させる。

「縮んでない！　現状維持してるよ！」

むっと頬を膨《ふく》らましたナイはクレイグを見上げる。出会った時から変わらない見慣れたやり取りに目を細めた。

「伸びてねえのか。飯、鱈腹《たらふく》食ってるのになんで伸びねえんだか」

「クレイグ、ナイ、そろそろ止めよう。お店の前で喧嘩は迷惑が掛かるから駄目だよ」

クレイグはナイを揶揄《からか》いながら笑みを浮かべ、サフィールは困り顔で二人を止めた。むーと微妙な顔になっているナイを見て笑みが零れると、俺の横にいるリンが口を開く。

「兄さん。……私はみんなが大好きで、今を変えたくない」

妹の言いたいことは理解できる。貴族籍に入って家名を名乗れば、彼らから見放されるのではと心配なのだろう。

「そうか。だが腹を括《くく》らなければならないこともある」

俺が妹に伝えた今の言葉は、自分自身にも刺さっていた。俺も現状を変えたくはないが、クルーガー伯爵から舞い込む食事会の打診をどうにかしなければ。一番簡単な方法は、公爵閣下が提案した、別の貴族籍入りだ。だが俺たちだけ貴族籍入りするのは、大事な仲間を置いて行くようで気が引けてしまう。

「ジーク、リン。お店入ろう」

呼ばれた声にはっとする。ナイが俺たちを見て手招きをしていた。

「ああ、分かった」

「ん」

リンと顔を見合わせて足を進め、店の中へ入る。公爵閣下が関わっていることを知っているのか、店員は俺たちを見下すこともなく丁寧な対応で個室へと案内してくれた。椅子に腰を掛け、店員が個室から出て行くとクレイグが声を上げる。

「で、改まって俺らを呼び出してなにがあったんだ？」

クレイグが店の内装を見渡しながら開口一番に問い、ナイを見た。いつも仲間内で騒ぐなら、もう少し先にある一般的な平民が利用する食堂を選ぶ。今日は話があるからと店の格を少し上げているし、事前に手紙に記して知らせたこともあるのだろう。

閣下が関わっているから口約束だけで終わらず、報告書も出さなければならない。勘の良いクレイグとサフィールは、なにかあったと理解できたのだろう。

「話はジークにお願いするね」

ナイが俺たち兄妹に顔を向け、クレイグとサフィールはどうしたと首を傾げていた。

「俺とリンはクルーガー伯爵の隠し子だった」

リンの顔を見ると、小さく頷き俺の言葉を肯定する。

「はあ⁉」

「え？　でも、本当に？」

クレイグとサフィールが目を丸くして驚いた。俺たちだって驚いたのだから、彼らが吃驚するのは無理もない。

「機会があって伯爵さまとお目通りしたけれど、ジークとリンは凄くそっくりだったから。あと伯爵さまが認めて、クルーガーの籍に入らないかって勧められているんだ」

ナイが話を進めるために補足してくれた。治癒の件は仲間内でも口外してはならず、暈して事実のみを伝えた。クレイグとサフィールは今の話を咀嚼して、なにか考えている。俺とリンとナイは静かに二人の言葉を待っていた。

「馬鹿だなあ、ジークとリンも。俺たちに気ぃ遣った結果が今日ってことだろ。貴族籍に入っても俺たちの関係は変わらねえよ」

「僕も反対なんてしないし、二人が決めないとね」

俺たち兄妹に向かって笑みを浮かべたクレイグとサフィール。貧民街で過ごした時間が長いせいか、同年代の者より確りとした考えを持っている。話が早くて助かるが、貴族籍に入ることを責められる覚悟を持って今日を迎えていたのに……今の二人の言葉で、俺の覚悟はあっさりと打ち砕かれた。

「事情があったとしても伯爵家の籍に入るつもりはないんだ。ただ、誘いを断る理由が欲しくて公爵さまに相談したら、他の貴族籍に入れば良いと仰ってくれた」

俺たちの事情説明をナイに任せる訳にはいかないと口を開けば、クレイグが椅子の背凭れに体重を預けて両手を頭の後ろに組む。

「貴族と平民じゃあ、そりゃあ伯爵さまの誘いをジークとリンは断れねえな。けどよお、伯爵家以外の高い格の家に入っても、なあ？」

「教養や品も求められるからね。凄く大変になるんじゃやない？」

サフィールが心配そうな顔で俺と妹の顔を見た。

「ああ。だから俺たちに用意された貴族籍は男爵位だ。元の伯爵位をご子息に譲って、今は男爵を名乗っているそうだ」

なるほど、とクレイグとサフィールが頷いた。よくよく考えると、閣下の提案は良く練られているる。俺たちのことを考慮して、男爵家の籍を用意してくれたのだろう。貴族の振舞いは必要なく、後継者問題が起こることもないそうだ。本当に閣下には頭が上がらない。

「リンは納得してるのか？」

「えっと、ナイに迷惑を掛けたくないから」

妹の言葉にクレイグとサフィールが苦笑いを浮かべた。リンのナイに対する思いは並々ならぬものがある。クレイグとサフィールもリンの気持ちを理解しているが、迷いなく言葉に出されると、どう答えれば良いのか考えていた。言われたナイも、困り顔でリンを見ているが。

「俺たちの事情にみんなを巻き込むことになった。けど、これで憂《うれ》いなく閣下に返事ができる」

膝の上に置いている手を力いっぱい握り込む。彼らと貧民街で出会ってから、助けられてばかりだ。力なら俺たち兄妹が勝っているが、精神的に強いのはみんなの方だ。ありがとう、と口には出さず感謝してナイとクレイグとサフィールに視線を向ける。

「よっしゃ、せっかく良い店にきたんだ。沢山食おうぜ！」

クレイグが空気を入れ替えるように、少し張った声を上げた。彼に追随《ついずい》してナイが目いっぱいに頷き、二人を見たサフィールが微笑んでいる。

ナイが店員を呼び、予約して頼んでいた料理を運ぶように伝え暫く待っていると、いつもの店で食べているものより上品な料理が給仕により目の前に出された。各々、料理に手を出して美味《うま》い美味いと食べ進める。最後に差し掛かると、食後のデザートが提供された。甘いものが苦手な俺はいつも通りナイに皿を渡せば、彼女とリンは半分に分けて幸せそうに食べながら笑みを浮かべていた。

この食事会を機にクルーガー伯爵の誘いがこなくなったが、公爵閣下が圧力を掛けてくれていたのだろうか……。

第四章 ▼ 婚約破棄宣言

ジークとリンへの伯爵さまの誘いが落ち着いたと安心したのも束《つか》の間、建国を祝う日が近づいていた。当日は学院でパーティーが開かれるし、王都の街もお祭り騒ぎになる。初参加の一年生はパーティーの準備はしなくて良いと連絡があり、楽しむだけなので気楽に過ごしていた。学院内を忙《せわ》しなく闊歩《かっぽ》する上級生を横目で見ながらジークとリンと合流して、院内の道をゆっくり歩いて行く。なんとなく、あと三日に迫った建国祭のことを話題に上げていた。

「美味《おい》しいものがあると良いね」

聞きかじった情報によると、パーティーには軽食が用意されるそうだ。お城に勤めている料理人さんが腕を振ってくださるらしい。

「ナイ、食いすぎるなよ」

「この前も食べすぎて動けないって、ナイは言っていたよね」

一緒に歩いている赤毛のそっくり兄妹《きょうだい》が背を屈《かが》め、私を見ながら笑った。建国祭当日は王都全体がお祝いムードとなって騒がしい。貧民街で暮らしていた頃は関係ない話で、ご飯の調達が一番大変だったのに本当に変わったものだ。三人で他愛《たあい》のないことを話しながら、学院の大きな門をくぐろうとしていた。

「次に城へ行くのはいつだ?」

ジークが小さく笑《え》みを浮かべて問いかける。二人は私が城の魔術陣へ一週間に一度魔力補塡《ほてん》を担《にな》う、その回数が他の人より多いことを知っていた。何故《なぜ》教えてくれなかったと問えば、聞かれなかったからと塩対応な答えが返ってきた。

「明日だよ。建国祭当日は忙しいから、少し早めに補塡をお願いしたいって」

街中が浮き足立っているため警備で人が駆り出され城が手薄になる。当日より前に済ませておきたいと国から教会に要請が舞い込んだ。

「そうか。分かった」

こくりと頷《うなず》く二人を見ながら学院が用意している乗合馬車に乗り込み、教会宿舎へと戻るのだった。

——次の日。

学院の授業を全て終えお城に向かうと、城内は普段より騒がしく騎士さま方が右往左往している。どこもかしこもお祭り騒ぎで大変だと苦笑いしていれば、顔見知りの騎士さまにヴァンディリア王が国賓《こくひん》として招かれると教えてもらった。

明日から数日間滞在され、アルバトロスとヴァンディリアとの友好関係を深めるのだとか。なるほど、お城の騒がしさは隣国のトップが招かれるためかと納得して、私の後ろを歩くジークとリンに顔を向けた。

「どこも大変だね」

準備で大忙しだし、当日になれば沢山の行事が行われる。城下では大道芸人が大勢集まって芸を披露し、食べる機会の少ない牛肉を振舞うイベントもある。参加は難しいが、祭りを楽しむ人たちを見ているだけでも面白い。

「だな。補填を終えたら、ナイは炊き出しの準備に参加するのか？」

ジークが私の言葉に同意をくれ、今日の夕方の予定を確認した。教会も建国祭の日は毎年炊き出しを開催している。誰でも並べて平等に配られるから、当日は結構な数の人たちが教会を訪れるのだ。

「うん。調理場で野菜の下拵《したごしら》えを手伝うつもり」

煮炊きの仕事は大鍋での作業となり力のない私に適さず、野菜を切ることくらいしかできないが毎年戦力として数えられていた。

「そうか。なら俺は設営を手伝ってくる」

ジークは力仕事を厭《いと》わないので、教会の方たちから重宝されている。それに私の後ろで突っ立っているより良いはずだ。

「私はナイと一緒に手伝うよ」

リンも私と共に野菜の下拵えを毎年手伝ってくれていた。彼女の包丁裁きは見事なもので、初めて一緒にお手伝いをした日が随分と懐かしい。おっかなびっくり野菜を切るリンを見ながら包丁の扱い方を教えると、回を追うごとに慣れ今では私より野菜を切るのが上手だ。

「じゃあ、行ってきます」

喋《しゃべ》りながら歩いていれば、お城の一角にある魔力補塡の建物に到着していた。二人に声を掛け、扉を開けて進み大きな窓のある部屋に辿《たど》り着く。床に描かれた魔術陣に視線を向けると、術式が書き換えられていた。通常より広範囲に障壁が張られるようで、隣国の王さまが招かれるから警備が強化されるようだ。

私があれこれ考えても意味はなく、やるべきことをやるだけと頭を切り替えて詠唱《えいしょう》すると青白い魔力光が部屋を照らした。魔力の流れにより、私の髪やスカートのプリーツがはらはらと靡《なび》いて、己の魔力が普段より多く減っていた。

「……お腹《なか》空いた」

一人呟《つぶや》くと、魔力が魔術陣に吸われ部屋が薄暗くなる。相変わらず空腹と倦怠感《けんたいかん》と眠気が酷《ひど》いが、人間は慣れてしまう生き物だ。いつものことだと前を向いて、私を待っている二人のもとに急ごうと大きな窓のある部屋から出て行く。

「お待たせ」

扉を開ければ、制服を着たジークとリンがいつもの場所で待っていてくれた。

「お疲れ」

「お疲れさま、ナイ」

柔和に笑うジークとリンの顔を見て、いつもの光景だと安堵《あんど》し口を開く。

「教会に行こう。味見できると良いな」

二人に向かって告げれば、少し呆《あき》れた顔で私を見る。今日は下準備だから味見は無理だろう。話題が欲しかっただけで、口にした言葉に意味はない。お城の馬車止めで、教会の馬車に乗り目的の場所を目指す。閑静な貴族街を抜けて暫《しばら》くすると、教会に辿り着き聖堂の中へと入る。聖堂の真ん中をジークとリンと私で並んで進んでいれば、告解《こっかい》室の前で談笑している方たちを見つけた。

「あれは……」

クレイジーシスターと信徒さんだろうか。家族連れ三人がシスターと話し込んでいる。父親に手を引かれた幼い子が私たちに気が付いて『あ！』と声を上げ、こちらへ駆け寄ってきた。

「黒髪の聖女さま！」

幼い男の子が私の前で立ち止まり声を掛けた。視線の先にいるシスターは、小さく頷いているので相手をしても問題ないようだ。子供の突然の行動に驚いた親御さんも、早足でこちらへやってくる。黒髪だから制服姿でも私が聖女と気付いたようだ。

「はい、どう致しましたか？」

私は男の子に視線を合わせながら言葉を紡《つむ》ぐ。

「母さんのびょーきを治してくれて、ありがとう！」

大きな声を上げる男の子は乳歯が抜け、上の前歯がない。そこから小さな永久歯が見えているから、年齢は五、六歳だろうか。丸みを帯びる手から差し出されたのは、一輪の白い小さな花。おそらく道端に生えていたのだろう。石畳《いしだたみ》の道の隙間《すきま》から生えているのを見たことがある。

「私に？」

手を後ろに回して制服のスカートを押さえながらしゃがみ込めば、男の子の視線が上になる。力いっぱいに花を握り締めている手は、彼の気持ちを表しているようだった。

「うん！　母さん、凄《すご》く楽になったって！　だからありがとう！」

へへへと歯を見せながら笑う男の子。聖女は準お貴族さま扱いとなるので、後ろに控えているご両親は、男の子の行動が失礼にあたらないかハラハラしていた。男の子の言った通り、女性は以前開かれた治癒《ちゆ》院で魔術を施《ほどこ》したことがある。

「ありがとう。大切にするね」

男の子から一輪の白い花を受け取れば、懐かしい記憶が蘇《よみがえ》る。三年ほど前だっただろうか。聖女の任に就いて一年が経《た》ち、お祝いだと言ってジークとリン、クレイグとサフィールから一輪の白い花を受け取った。生花屋さんで買うと値段が張るので、彼らの精一杯だと分かっていたし、祝ってくれる気持ちが素直に嬉《うれ》しかった。彼らと共に過ごした時間は、きちんと絆《きずな》を結べていたと実感できたのだから。

忘れかけていた記憶を蘇らせてくれたことに感謝していると、男の子は後ろにいるご両親の顔を見上げた。

「母さん、聖女さま受け取ってくれた！」

更に嬉しそうな顔で笑う男の子を見たご両親は私に向き直った。

「良かったわね。聖女さま、息子を受け入れてくださり感謝致します」

「申し訳ありません。──聖女さま、ずっと妻が臥《ふ》せっていたことを、息子は随分と気に掛けておりまして。病が治り、普通の日々を送ることができております。重ねて、感謝致します」

ご両親も私に感謝の言葉を告げ、小さく頭を下げた。お医者さまがいないアルバトロスでは、聖女は重宝されている。だからこそ今の私があるので文句はないが、こうして感謝されるのはむず痒《がゆ》くて仕方ない。立ち上がり、男の子のご両親と確《しっか》り視線を合わせる。

「いえ、お気になさらないでください。またなにかあれば教会を頼ってくださいね。君も、お花ありがとう」

再度、男の子にお礼を告げると、照れたのか視線を逸《そ》らされた。疑問符を頭の上に浮かべていると、彼のご両親が『帰ろう』と笑って男の子と一緒に教会の正面扉から出ていく。軋《きし》む蝶番《ちょうつがい》の音が聖堂に響けば、後ろに控えていたジークとリンが私の横に並び、クレイジーシスターはにっこりと笑みを浮かべたまま私たちを見ていた。

「良かったな、ナイ」

「ね」

優しい声を上げるジークとリン。私がこうして誰かに感謝されると、二人は我が事のように喜んでくれる。

「うん。前にみんなから貰《もら》った白い花のこと思い出した。状態保存の魔術を掛けて、暫く部屋に飾るよ」

その後は押し花にして、みんなが贈ってくれた花と一緒に取っておこう。私の言葉で二人も思い出したのか、ジークは私から視線を逸らして頭の後ろを手で掻《か》き、リンはてれてれと嬉しそうに笑っていた。いつも一緒に行動しているから、以前貰った花を私が押し花にして取っていることを二人は知っているのに。

とりあえずクレイジーシスターへ視線を向け今日の目的を告げると、手伝い申し出のお礼と共に調理場へと案内され、ジークは力仕事を務めるべく別行動になるのだった。

◇◇◇

――建国祭、当日。

朝早くからどこもかしこも騒がしい。教会も炊き出しを行い、普段より安い寄付で治癒院を開くため上を下への大騒ぎ。放課後は手伝うと教会の面々に告げて学院へ登校する。今日は授業もなく、パーティーに参加するだけだ。お貴族さまはドレスや正装で着飾り、未成年のみの社交の場と捉《とら》えている。平民は学生服でも構わないと通達されているから、お貴族さまと平民の融和の道は遠いだろう。

会場は学院の敷地内にあるホールで開催され、政《まつりごと》に携《たずさ》わる重鎮も来賓するため警備が厳重になっていた。騎士団だけでは人手が足りず、近衛《このえ》騎士団の方まで駆り出されている。騎士団と近衛騎士団は装いが違うから、見れば直《す》ぐに分かる。昨日のお手伝いの余波で右腕に違和感を覚えつつ中庭のベンチに座り、私たち三人は開場まで時間を潰《つぶ》している。平民の学院生も私たちと同様に、まったりと過ごしていた。

「制服で良いのか、ナイ」

ジークが小さく右に首を傾《かし》げながら問いかける。

「うん。学院生として参加するから、制服で十分」

聖女の衣装は正装扱いになるけれど、今日は学院行事だから制服の参加で十分だ。聖女の格好だと聖女として振舞わなければならないし、ふとしたことで治癒依頼が舞い込んでも困る。

「聖女の服も似合うのに」

リンが勿体《もったい》ないと口をへの字にしながら告げた。

「流石《さすが》にあの服はねえ……」

私が正装で参加すればジークとリンは騎士として参加しなければならず、イベントを楽しめないからパスだ、パス。

道行くお貴族さまたちは正装かドレスに着替えている。服装の流行《はや》りは分からないが、ぴしりと背を伸ばして歩く姿は格好良いし綺麗《きれい》だった。学院内に婚約者がいる方は一緒に入場するので、専用出入り口が設けられている。

順調な婚約関係を築いている方たちは仲睦《むつ》まじそうに歩いてくるし、そうでない方たちは出入り口で合流する。それが幸か不幸かは本人たちが判断すべきで、他人の私が決めつけては駄目だと首を振ると、視界に映った近衛騎士の方に意識が向いた。

「？」

今日は建国祭である。特別な日だから、警備のため彼らが学院内を闊歩してもおかしなことではない。何故気を取られたのだろうと小さく首を傾げれば、騎士さまご本人が私に顔を向け歩く方向を変えた。不躾《ぶしつけ》な視線を送ってしまったと軽く頭を下げ、ジークとリンがベンチから立ち上がって騎士さまに目礼し、私も立ち上がり背筋を伸ばす。

「ふふ。気付かれてしまいましたか」

近衛騎士さまの鍛え抜かれた身体《からだ》と端整な顔がズレた。一瞬なにか起こるのかと身構えたが、聞き覚えのある声にはっとして体の力を抜く。

「副団長さま。何故、学院に？」

目の前のお方は認識阻害の魔術を施していたのか、先ほどまで別人に見えていた。今はいつも通り、にこにこ顔の副団長さまである。ただ、魔術師団の衣装ではなく近衛騎士服を着ているから違和感が半端ない。

「今日は陛下方の護衛として駆り出されました。警備に就く前に会場と周辺の下見です。魔術師団の服では警戒されると、国から近衛騎士服を支給されたのですよ。似合っていますか？」

全く以《もっ》て全然、と口から出そうになるのを堪《こら》え、別の言葉を捻《ひね》り出す。

「いつも通りの副団長さまですが、しっくりとこないというか……なんというか……」

結局、口から出た言葉は変わっていない気がした。私が見慣れている彼は特徴的な魔術師団の紫色の外套《がいとう》を纏《まと》った姿である。近衛騎士団が採用している詰襟《つめえり》の制服は、優男には似合わない。失礼極まりないが、副団長さまは変態と呼ばれる魔術師団の服が似合っていた。

「褒《ほ》められていると受け取っておきましょう。聖女さま――」

副団長さまが背を屈めると整った顔が近づき、私の耳元で囁《ささや》く。

――第二王子殿下に気を付けて。

落ち着いた声色《こわいろ》で言い終えた彼は私から距離を取り、金色の瞳を細めてジークとリンを見た。一瞬で気を張ったそっくり兄妹に敵意はないと伝えたいのか、ふふふと笑う。

「さて、そろそろ時間ですねえ。では会場で」

副団長さまは笑みを携えたまま右手を小さく振って、この場を去って行く。まあ……攻撃一辺倒の彼を会場警備に配置したなら、なにか問題が起こると考えても仕方ない。来賓の方が多くいらっ

しゃるから、他の魔術師の方も集められるはず。

しかし、副団長さまの忠告を鵜呑《うの》みにしても良いのだろうか。殿下はヒロインちゃんと距離を取らされてから、ソフィーアさまとの仲を取り戻そうと努力をしている。教室では普通に過ごし、側近四人とも普通に振舞っているのに。ただ殿下は問題を起こした身である。周囲から厳しい目で見られるのは当然だから、副団長さまの警戒は妥当なのか。ふうと息を吐いて自身を取り巻く環境を考えていると、いつの間にかリンが私の後ろに回り込んでいた。

「リン、どうして私の耳を触るの？」

彼女の胸に頭を押し付けながら顔を見上げる。リンは妙な表情を浮かべて、右耳を丹念に触れていた。

「なんとなく。ナイの耳、柔らかくて気持ち良いよ」

さよけ、と視線を正面に向ければ、ジークがそろそろ会場入りしようと告げる。三人で歩きながら空を見上げると陽《ひ》が雲に隠れ生温《なまぬる》い風が吹く。雨が良く降る時期に突入しそうな気配を醸《かも》し出していた。

ホール前には平民出身の生徒が集まり、係の方からボディチェックを受けて入場許可が下りている。入場に時間が掛かっていると判断して入り口を指差した。

「入場開始されているね、急ごう」

流石、お貴族さまの通う学院だ。警備は確りと敷かれ、危険な物は持ち込めない。

「ああ、行こう」

「うん」

私たちも検査を受けて会場入りを果たし、ホールの隅《すみ》へと移動する。次はお独りさま貴族の方たちが入る時間となって、緑髪くんと青髪くんと紫髪くんも単独で入場を済ませていた。彼らはお相手の家から、婚約を白紙に戻されたようだ。

お独りさまの入場が終われば、専用の出入り口から婚約者持ちの方たちが家格の低い順に入ってくる。会場の雰囲気も相まって着飾っているお貴族さまたちは凄く綺麗だ。そんな彼らを羨《うらや》ましそうに平民の女子生徒が眺め、高位貴族の方々の入場が始まると更に盛り上がっている。

そうしてセレスティアさまとマルクスさま、第二王子殿下とソフィーアさま、最後に第一王子殿下と婚約者である隣国の王女さまが入場を済ませた。彼らには気品と嫌味のない華やかさ、そして立ち振舞いが周りのお貴族さまより数段上がり纏う雰囲気が独特だった。

はへーと感心していると楽団の人たちが椅子《いす》へ着座している。ホールの一角には美味しそうな軽食が用意され、早く食べたいなあと横目で見つつ、平民の男子たちも私と同じ視線を向けていた。女子はお貴族さまの格好良い男子生徒に目を奪われ、男子は美味しいものにありつけるチャンスと考えているようだった。

「まだ食べるなよ、ナイ」

私が軽食を物欲しそうに見ていたのがバレ、ジークが揶揄《からか》う。

「食べないよ、流石に」

今から手を出すのは不味《まず》いと理解しているし、一番に軽食コーナーを陣取るのは気が引けた。一応、聖女を務めている自覚はあるので、イメージを損なう行動は慎《つつし》むべきだろう。

「時間になったら、沢山食べようね」

リンの言葉に頷いて食い気全開の会話を交わしていれば、来賓の方々の入場が始まった。招待客も低い序列から入り、それぞれ談笑している。どんどん格が上がっていくと、公爵さまも現れた。少し間が空いて、にこやかに会話を交わしながら学院長と国王陛下と、陛下と同じ年齢くらいの男性が入場する。変装した副団長さまと沢山の護衛を侍《はべ》らせているから、ヴァンディリア王だろうか。

学院行事なのに大仰だと眺めていれば、お偉いさん方の挨拶《あいさつ》が始まり、生徒会会長を務める第一王子殿下が建国を祝う言葉を述べてパーティーが開幕した。ファーストダンスは第一王子殿下が務め、隣国の王女さまが彼のパートナーを担っている。

第一王子殿下は学院卒業と同時に立太子をして、王女さまと婚姻するそうだ。殿下は有能で、王女さまを大切になさっていると聞く。

殿下が王女さまをエスコートしながら、ホールのど真ん中に立った。静まり返る会場内の視線を釘付けにさせ、お二人の雰囲気に呑みこまれそうだ。静寂から一拍置いて、ポーズを取りお互いに手を添えながらホールドを組むと、楽団の生演奏が始まりワルツのステップを踏み始めた。基本のステップをいくつかこなすと難しいものに変わり、足運びや体のしなり具合、緩急《かんきゅう》の付け方に頭の振り方、どれをとっても一流だ……多分。

「綺麗だねえ」

「踊りたいのか？」

ホールの真ん中で踊る第一王子殿下方を見て呟くと、小声でジークが話しかけてくる。迷惑にならなければ、話をしても咎《とが》められることはない。

「似合わないし、踊れないから止めとく」

「前に先生が付いたけれど、ナイは直ぐに止めたよね」

リンが私の顔を覗《のぞ》き込みながら苦笑いを浮かべる。以前、社交に出ることもあろうと教会から講師が付けられた。でも、私のパートナーを務めてくれた人が身長差のせいでやり辛そうだし、聖女の仕事が忙しく早々に止めたのだ。

「うん。見ているだけで十分」

私は返事をして肩を竦《すく》め、軽食コーナーを見る。ファーストダンスは終わっておらず、他のお貴族さまたちも踊ってないから待つしかない。パートナーを探している壁の花の人たちは、壁の染みを物色していた。学院なら婚約者のいない方であれば手を出し放題だ。玉の輿《こし》を狙っている人も、逆を狙っている人もいる。家の事情で仕方なく物色する人もいれば、個人的な理由で探す人もいる。

——観察しているだけなら貴族社会は面白い。

どうして関係した途端、面倒事に発展するのだろう。治癒依頼を受け屋敷を訪れ治したらいちゃもんを付けられ、寄付を踏み倒そうとする方がいる。寄付を頂けても聖女にしては貧相だと嫌味を言われ……本当に面倒な方たちである。

「ん？」

「どうしたの、ナイ」

「ああ、うん。ソフィーアさまと殿下が並んでいる姿が見えたから」

リンの問い掛けに、並んでいる二人を見て凄く違和感があるとは言えない。この二週間近く、お二人は関係改善に努めているのに、並んで立っている姿に慣れることはなかった。

「上手く付き合いができているなら良いがな……」

私の視線の先をジークが捉え、彼にしては珍しく誰かのことに言及する。

「ね」

本当に、第二王子殿下とソフィーアさまが上手く関係を築けていると良いのだが。一曲目のワルツが止み、会場の皆さまへ一礼する第一王子殿下と王女さま。間を置かず次の曲が鳴り始め、高位貴族のご令息、ご令嬢方がホールの真ん中へと歩み出る。

その中には第二王子殿下とソフィーアさま、マルクスさまとセレスティアさまもいた。ソフィーアさまは濃紺《のうこん》のドレスを、セレスティアさまは深紅《しんく》のドレスを身に纏い、嫌味にならない程度の装飾を身に付けて、第一王子殿下たちと遜色《そんしょく》ない踊りを披露している。

「よくあんなに体が反《そ》るなあ」

ぐぐぐ、と足を伸ばしながら、上体を後ろに反らした格好になっても、崩れたり倒れたりしないのだから人体って不思議だ。

「練習の賜物《たまもの》だろう。公爵家と辺境伯家のご令嬢は鍛えているのが分かる」

ジークが感心しながら、ソフィーアさまとセレスティアさまを褒めていた。踊りの上手い下手の判断はつかないが、筋肉の使い方を見て分析しているようだ。

「うん。戦っても強い、はず」

リンも褒めたが、踊りに対しての感想ではない。せめて踊りの良し悪《あ》しで語ろうと言いたいけれど、私も素人《しろうと》だから黙っておく。二曲目が終わり、三曲目が鳴り始めると、待っていましたと言わんばかりに他のお貴族さまもホールへ流れ込んだ。

上から覗けば大輪の花が咲いた舞踏場になっているのだろう。ホールの隅っこでは、平民生徒のカップルが生演奏に合わせて、邪魔にならないように踊っていた。仲が良さそうでなによりと小さく笑みを浮かべれば、ジークが背を屈めて私の顔を覗き込む。

「そろそろ行くか」

彼の声に頷く。他の男子生徒も軽食コーナーに群がり始めているし、私たちも群れの中に紛《まぎ》れ込んでも良さそうだ。

「そうだね、行こう」

私はリンにも視線を向けて、行こうと促《うなが》し移動を開始する。会場の壁際に並べられた丸テーブルの上には、豪華な軽食が綺麗に盛り付けられ美味しい匂いを放っていた。お菓子も用意されており、滅多に甘味を食せない平民には有難い機会である。

「ナイ、どれ食べる？」

リンが取り分け用のトングとお皿を持って聞いてくれた。遠い場所にある食べ物は体を伸ばして取らなければならず、リーチに勝る彼女に任せた方が無難だ。

「全部美味しいだろうから、迷うなあ……」

お城の料理人さんが作った軽食はどれも美味しそうだ。なかなか食べられないし、次に食べられるのは来年の建国祭の日。確りと味を堪能しておかなければ後悔しそうだった。

「逃げやしないんだ。ゆっくり選べば良い」

ジークが右手を腰に当てて、ゆるく笑う。パーティーの時間は長いので軽食は逃げないが、全制覇を試みると周囲の視線が刺さりそうだ。大食い聖女と名が付けば、黒髪の聖女より通りが良くなりそうだし教会からお小言も頂くだろう。新たな二つ名は避けなければならず、口にする料理は取捨選択しないといけない。真剣に迷っている私の横で、ジークとリンが苦笑いを浮かべながら私を見守ってくれている。決められなくて、全部選んで食べようかと考えを改め始めた時、背後から視線を感じて顔を向けた。

「楽しんでおられますか、ナイ」

顔を向けた先には、セレスティアさまがマルクスさまの腕を取り立っていた。軽食コーナーの一部を陣取って目立っていたかと反省しつつ、お二人に頭を下げる。

「セレスティアさま、マルクスさま。はい、十分に」

ジークとリンも姿勢を正して頭を下げたようだ。視界には映らないけれど、気配で分かる。お貴族さまが平民に声を掛けるのは珍しいが、ヴァイセンベルク辺境伯家は私の後ろ盾《だて》になる予定だから、様子を窺《うかが》いにきたのだろう。

「太るぞ。……ぐふっ」

ぼそりと呟いたマルクスさまの脇腹に鉄扇《てっせん》が食い込み、彼の口から呼気が漏《も》れた。横に太るより縦に成長してほしいのだが、一向に上へ伸びる気がしない。

「マルクスさま、余計な一言を申されるのはいかがでしょうか？」

「……お前だって余計な手ぇ出しているだろうに……！」

飽きないお二人のやり取りを黙って見ていると、大袈裟《おおげさ》に溜め息を吐いたセレスティアさま。丁度そのタイミングで声を掛けようとする方が現れる。

「楽しそうだな。マルクス、ヴァイセンベルク嬢」

第二王子殿下がソフィーアさまと腕を組んでやってきた。殿下と対面するのは合同訓練以来だ。教室で彼を見ていたけれど、ただ……それだけ。ソフィーアさまは殿下を阻害しないように少し下がって、私たちを見据えていた。殿下に無用なことをすればタダじゃおかないと気を発している。

「殿下、ご機嫌麗《うるわ》しゅう」

「ヘルベルト……殿下。どうした？」

セレスティアさまとマルクスさまが殿下に向き直り礼を執った。殿下はジークとリンと私にちらりと視線を向けたものの、いない者として振舞っている。ならば私もそうすべきと、小さく頭を下げ場に佇《たたず》む。

「少し、な。ソフィーア、俺は所用がある。ここで待っていろ」

殿下は組んでいた腕を解き、ソフィーアさまに視線を合わせた……ように見えて、少し位置をズラしている。

「しかし殿下、お一人での行動は問題が生じます」

殿下に指示された彼女は、彼と確り目を合わそうとしているのに。来賓の方もいらっしゃる場で、殿下が一人で行動して良いのだろうか。本来なら殿下の侍従が侍っていそうだが、学院内だからいないようだし……。

「構わん。俺が待てと言ったのだから、大人しく待っていろ。──」

──犬のようにな、と殿下の口から言葉が漏れて厳しい顔に変わった。彼の言葉に、私の心の中でざわりと感情が波打つ。何故、殿下は言わなくて良いことを言葉にするのか。心の中に留めておけば良いものを外に出したら、口にした責任を負わなければならないのに。

「では私以外の誰かをお付けください。殿下の御身を守る者は必要です」

ソフィーアさまは殿下の言葉に反論はせず、別案を口にした。殿下は食い下がる彼女に怒りを覚えたようで、むっとした顔になっている。

「貴様はいつも王族や貴族のしきたりに囚《とら》われ、完璧であろうとする。俺は貴様の態度が気に食わない。だから放っておいてくれ」

殿下は深く息を吐いてソフィーアさまから視線を逸らし、身体を壇上の方へと向ける。

「ヘルベルト」

そんな殿下の行動に待ったを掛けたのは意外な方だった。

「流石に言いすぎだ。付き添いなら俺が行く。それで文句はねえだろ？」

マルクスさまが殿下を引き止め面倒臭さそうに後ろ手で頭を掻きながら、ご令嬢二人に視線を向けた。ソフィーアさまとセレスティアさまはなにも告げないので、マルクスさまの言葉に文句はないようだ。

「いや、俺一人で良い。マルクスもここにいろ。命令だ」

殿下は目を細め、マルクスさまへ告げた。殿下は一人で行動したいようで、意志は揺らがない。両手を広げて左右に顔を振ったマルクスさまに、殿下はふっと影の差す笑みを浮かべ、前を向き壇上を再度目指し歩いて行く。

「殿下は、なにをお考えになっていらっしゃるのかしら？」

「さあな。俺には頭の良い奴の考えは分からん」

セレスティアさまとマルクスさまは殿下の行動が読めず首を傾げ、ソフィーアさまは無言で彼の背を見ているだけ。私もお三方に倣《なら》い殿下の背を見ていると、彼に纏わりつく異質な魔力を感じ取る。なんだろう……誰かが発した魔力ではない、硬さを感じるものは。

魔術具を所持していれば入場前の身体検査で没収されるし、重要人物が集まる場で魔術を放っても警備の方々に捕らえられるだけだ。

「……気のせい、かな」

頭を振って周囲を見た。近くにいる人たちは殿下が一人で行動を始めたことに気付いて、視線が刺さり始めている。殿下は短い階段を上り終え、私たちがいる方へと身体を向け大きく息を吸い込んだ。

「ソフィーア・ハイゼンベルグ!! これまでは見逃してきたが、アリス・メッサリナへの蛮行《ばんこう》は許しがたいものだ! 俺はこれを理由に、貴様との婚約破棄を宣言するっ!」

殿下の大音声《だいおんじょう》が会場の隅々まで響く。私の直ぐ近くにいるセレスティアさまとマルクスさまと、後ろに控えているジークとリンも驚き、私も殿下の言葉を聞き頭が揺れた。周囲の方々も第二王子殿下の言葉に呆然としており、誰もなにも言わない。婚約破棄を告げた殿下は婚約者であるソフィーアさまに厳しい視線を向けている。

「…………」

黙ったままのソフィーアさまの手を見ると、小さく震えていた。彼女にしては珍しいと、視線を上げて殿下を見る。本来なら彼の横にはヒロインちゃんの姿があっただろう。創作物やゲームが舞台であれば、演出上そうなっていたはずだ。ただ王子殿下を始めとした将来の重役候補をいとも簡単に篭絡《ろうらく》したこと、合同訓練の際に無茶をしたことで彼女は幽閉された。

「俺はこの二週間、貴様となるべく一緒に過ごしたが、お前の貴族たらんとした態度は辟易《へきえき》する！　やはり俺にはアリスしかいない！　俺は必ず彼女を救い出す!!」

殿下がソフィーアさまと一緒に過ごすようになったのは改心したのではなく、メッサリナさんを助けるための布石だったのか。ソフィーアさまの気持ちを考えていない、と殿下に厳しい視線を向けてしまう。

「何故、黙っている!?　今なおアリスは牢に閉じ込められ、泣いているのだぞ!!」

殿下は完全に頭に血が上っている。ソフィーアさまはヒロインちゃんに尋問を執り行ったから、酷いことをしたと取られるかもしれない。でも殿下とヒロインちゃんがくっつくことを認めていた節がある。殿下が上手く取り持てば、愛妾《あいしょう》にはなれたのでは。ヒロインちゃんは捕まっているから、今から状況を覆《くつがえ》すのは難しいけれど……。

しかし、彼の無謀な行動を止める方がいないのは妙な状況だ。王子殿下のやらかしだから、国王陛下が真っ先に止めるはずなのに。何故止めないとこっそり陛下へ視線を向けると、厳しい表情を浮かべ椅子に深く腰を掛けたまま動かない。近くに座っている公爵さまも黙ったままで、ヴァンディリア王（仮）は面白そうに婚約破棄劇を眺めていた。

誰か止めようと願っても行動に移す方は現れない。ならばと腹を括《くく》ってその場から一歩を踏み出し、ソフィーアさまの横に並んで聖女の礼を取る。

「殿下、失礼致します」

しまったなあ、聖女の格好をしてくれれば良かった。見た目は大事だから、制服より聖女の姿の方が言葉の信憑性《しんぴょうせい》が上がるのに。殿下の怒りの矛先《ほこさき》がソフィーアさまから私に変わり、彼女に対する晒《さら》し行為が止まることを願う。婚約破棄を宣言した第二王子殿下の顔は怒りに染まったままだ。周囲は動かず、ソフィーアさまも黙り込んだままだった。

「……っ！」

予想外の私の行動に、殿下が息を呑む。

「本日はめでたき日、国王陛下や来賓の方々もいらっしゃる場です。日と場所を改めて筋を通す方が宜《よろ》しいかと」

衆目の中での婚約破棄はインパクトがあり、幽閉されているヒロインちゃんの同情を誘えるかもしれないが、王家と公爵家に迷惑が掛かるだけだ。白紙に戻すにしろ、継続するにしろ、祝いの席での愚行は止めた方が良い。陛下と公爵家が殿下の話に聞く耳を持っていないなら強硬手段もアリだが、おそらく彼の独断専行だ。

「殿下、私も彼女と……聖女さまと同じ意見です。日を改め王家と公爵家で協議致しましょう」

ソフィーアさまも私の横で殿下に頭を下げる。私が聖女であると口にしたのは、事情を知らない人たちに向けた説明だ。機転が利くと感心しつつ、同時に彼女への感謝も抱く。

この場で彼女が殿下の愚行を諭《さと》したところで、どちらにも良いイメージが付かないし日を改めた方が無難だ。格が上の殿下を衆目の前で説教するなんて、人前で婚約破棄を告げた人物と同じ穴の貉《むじな》になってしまう。

「……それでは遅い！　今、この場で俺は！　なんだ、貴様ら!!」

ようやく彼の強行を止めるために近衛騎士の方が取り囲む。会場にいる学院生は殿下を止めに入った騎士の方々を見て、ほっと胸を撫《な》で下ろした。

「ヘルベルト殿下！　会場から退《しりぞ》けと陛下の御命令が下りました。さあ、こちらへ」

やんわりと近衛騎士の方が殿下の肩に触れると、汚い物かのように殿下の手が騎士を振り払い、一歩、二歩と後ろに下がれば殿下の金糸の髪が揺れ始めた。

「触るな！　俺に触れて良いのはアリスだけだ！　俺はアリスを助けると誓った！　愛した女一人助けられず、なにが王子だ!!」

殿下が大きく口を開いて叫ぶと同時に、彼の魔力が溢《あふ》れ出す。魔力が体外に放出されたくらいでは、周囲にも本人にも直《ただ》ちに影響はない。ただ怒りに囚われている殿下の感情が更に高まれば、魔力放出者の感情に呼応してどうなるかは不明である。

「ナイ、兄さん。あの人の口の中……魔石、かな？」

目の良いリンが第二王子殿下の口の中に魔石があると小声で教えてくれた。

「え？」

「不味いな、ナイ。もしかして魔石の力で魔力暴走を酷くさせる気か……？」

呆《ほう》けた声が私の口から零《こぼ》れ、ジークが背を屈めて誰にも聞こえないように耳元で囁く。第二王子殿下が事態を大きくしようと狙っているのは確実だ。魔石を口の中にわざわざ隠し持っている上に、感情が高ぶって殿下の魔力が暴走し始めている。

一刻を争う状況と判断して、私は魔力を練る。黒髪が揺れ、ジークとリンも状況を理解して一歩前へ踏み出すが、学院行事だから帯剣していない。周りのみんなは殿下に注視しており、私たちの行動を気にしている人はいなかった。

「ヘルベルト殿下！　これ以上、事を荒立てれば貴方《あなた》のお立場を悪くさせましょう！　今ならまだ間に合います、どうかお下がりください！」

ソフィーアさまが身を乗り出して殿下を説得するが、彼の顔が憤怒に染まり逆効果だった。殿下の周りにいる近衛騎士さま方は、事態がどう転ぶか分からず及び腰。頼りの副団長さまは攻撃一辺倒なので、魔術を放ったら殿下を殺しかねない。

「五月蠅《うるさ》い。黙れ、ソフィーア！　いつも誰もいない所で俺に楯《たて》突き説教をして、さぞ気持ち良かっただろう！　アリスは貴様とは違い俺を受け入れてくれた！　愛してくれた！」

殿下がヒロインちゃんの良い所を上げるけれど、第二王子の役目から目を背《そむ》けているだけではないだろうか。む、と自分の口が真一文字に結ばれていることに気付いて息を吐く。

落ち着いて周囲に目をやると、陛下と公爵さまは動じていないし、来賓席は近衛騎士に偽装した魔術師の方々が配置に就いて、複数人で障壁展開させようとし始めている。随分と用意周到に感じるが、他国の王さまも同席しているから元から配置されていたのだろう。副団長さまのあの言葉を考えれば、殿下の行動もバレていた可能性がある。

「俺はアリスの優しさに応えるために、幽閉塔から彼女を救い出す！　俺の地位を犠牲にしてでも必ず助ける！　……——死にたくなければ、前を退《ど》けぇ!!」

殿下が口の中から魔石を取り出して前へ翳《かざ》した。魔石を翳したことで近衛騎士の方々が怯《ひる》むが、彼らは陛下の剣であり盾である。意を決し、殿下を取り囲んだ騎士さま方が取り押さえようと、タイミングを合わせ一気に三人で詰め寄り殿下にのしかかった。

「ぐっ！」

殿下が床に倒され、近衛騎士の方に取り押さえられる。しかし彼らは第二王子殿下を乱暴に扱えず、魔石を取り上げようとしない。舌打ちしたくなるのを我慢して、直ぐに魔術を発動できるように体の中の魔力を更に練る。

「どいつもこいつも俺を馬鹿《ばか》にして……！　何故、思い通りにならぬのだぁあああああ！」

殿下から漏れ出た魔力に魔石が反応して鈍く光り輝けば、赤黒い魔力の奔流を生み出し、近衛騎士さま方が勢いに押され吹っ飛んだ。その隙を見逃さず立ち上がり、何故か私と視線が合う。

「黒髪の女、俺のもとへこい！　貴様は国の障壁維持を担う重要人物だと教わった！　アルバトロスになくてはならない者だとな！　ならば、俺がお前を上手く利用してやる！」

彼の言葉に周りの人たちが驚く。今この時は殿下の言葉に従おうと、私は歩を進め彼との距離を縮める。殿下はにやりと嗤《わら》い、ソフィーアさまを始めとした方々が私を止めようとするが少し遅かった。でも結局、私が殿下のもとへ辿り着くことはない。

「殿下、貴方のもとへ参ることはできません」

殿下を刺激したくないけれど、彼の言いなりになる必要はないと足を止めた。

「俺の言うことが聞けないのか……ソフィーアもお前も良い御身分だなぁっ！」

殿下の怒りに触れたのか、一筋の魔力の奔流が私の右頰《ほお》を斬《き》り裂き、生温かい血が溢れ出る。私に気付いたジークとリンが殺気と共に今にも飛び出しそうだけれど、二人に動いてほしくないので手で制す。

――さて、どう動く?

いや、一択だ。私が取れる手段を用い殿下の暴走を抑える。成功するかどうかは分からないが……まあ、賭《か》けだ……――。

「貴女《あなた》の駄々《だだ》漏《も》れの魔力と体内の魔力を意識してください！」

――副団長さまの声が会場に響き、私はちらりと近衛騎士服姿の彼を見る。会場にいる人たちは誰に向かって伝えた言葉か分かっていないが、幽閉塔にいた者だけが理解できる。それに今の言葉で副団長さまの考えと、私の考えは一致した。なら、試す価値はある。更に魔力を練れば、短い髪が激しく靡き、スカートのプリーツも揺れた。私の魔力を感知できた周りの方たちが息を呑み、どう行動すれば良いのか迷っていた。

「ナイ！」

公爵さまの声まで響き、杖《つえ》の先を床にぶつける音も聞こえた。私を咎める声ではなく、もっとやっても構わないと暗に仰《おつしや》っている。なら遠慮は必要ない。私の魔力に指向性を持たせ、殿下と魔石の魔力を上回り覆《おお》い込むだけの単純な作業だ。詠唱が存在していないので気合と根性頼りだが、やれないことはない。魔術具の指輪を外せば、私の魔力の流れが活性化する。

「皆、下がれ！　離れろ！」

「聖女さまが魔力を放出されますわ！　魔術師団副団長さまの最高威力の魔術と同等のものを扱える方の魔力です。下がるに越したことはありません！」

ソフィーアさまとセレスティアさまは幽閉塔で私とヒロインちゃんとのやりとりを見ていたから、副団長さまの言葉の意味を理解できる数少ない方たちだ。マルクスさまはピンときていないようだが、本能で理解したようだ。周りの生徒に声を掛けながら私から離れていく。

ジークとリンもお二人の言葉と同時に、周りの生徒を下げていた。余計な思考を割《さ》かなくて良いと、更に魔力を練れば胸とお腹が熱くなる。

「吹け」

詠唱は必要ないのに勝手に口から言葉が漏れ、自然と右腕が上がり殿下の方へと向けていた。そうして私の体の中にある魔力が勢い良く外に流れ出る。そう……漏れ出たのではなく、流れ出たのだ。私の意思で殿下の魔力を覆い尽くす、と。

荒れ狂う赤黒い魔力と、私の青白く光る魔力が会場を照らす。殿下の魔力は方々へと散り、無作為に誰かを襲う。自衛できる人は良いけれど、誰もができることではない。周囲を注視しながら、危なそうな人の前には私の魔力で壁を作って難を凌《しの》ぐ。その隙に、近衛騎士の方々や高位貴族出身の動ける生徒が、恐怖でへたり込んでいる生徒と教師の避難を済ませ、壇上の第二王子殿下と相対する私の構図ができあがっていた。

「なっ、俺の魔力を……喰《く》っている、だと……！　質の良い魔石の力も借りているのに、何故防がれる……!!」

第二王子殿下が目を見開きながら驚く。喰っているのではなく、殿下の魔力を私の魔力で覆って打ち消しているだけ。阿呆《あほ》みたいな量の魔力持ちと言われているが、魔力を扱う技術が優れていないので単純な力押しであり、実力者や実戦経験者には敵《かな》わないだろう。殿下と対峙《たいじ》していると、避難を終わらせたジークとリンが私の後ろに控えた。

「殿下、これ以上は無意味です。この場でメッサリナさんを助け出すと主張しても、誰も聞き入れてはくれません」

ヒロインちゃんが王族を誑《たぶら》かした事実は消えないし、一度捕らえられた人を幽閉塔から救い出すのは難しい。王政制度の世界なら尚更《なおさら》だ。私の言葉を聞いた殿下が顔を歪《ゆが》めた。

「平民の癖に指図をするのか……ああ、そうか！　貴様は馬鹿みたいな魔力持ちの化け物だから、俺のアリスへ注ぐ愛が理解できないのだな！」

殿下は私を睨《にら》みながら良い顔になって、持っていた魔石を高く掲げる。何故か魔石が一回り大きくなると更に魔力が噴出して、会場のテーブルをなぎ倒しシャンデリアを激しく揺らす。殿下にどう対抗するのか……ふいに考えが走るが、やるべきことは同じである。私は魔力を放出する量を二段上げるだけ。だが、私に攻撃手段がなくて膠着《こうちゃく》状態だった。

「──ジーク、リン。必ず守るから、魔石……どうにかできる？」

殿下の手に握られた魔石が離れれば、荒れ狂う魔力はマシになるはず。ただ私は魔力を放出しながら動き回れる器用さはないので、ジークとリンを頼るしかない。

「魔力の軌道が読み辛いが……まあ、いつものことだな」

「ナイが守ってくれるなら、絶対に魔石を落としてみせるよ」

そっくり兄妹はこともなげに言って、殿下を見据え距離を測る。二人が走りだそうとした瞬間、別の場所から魔力の気配を察知して視界の右の端で捉えた。──誰!?

「待って！」

「っ！」

「？」

大きな声を上げた私に反応したジークとリンは、つんのめる形で足を止めた。心の中で謝りながら、殿下を視界の端で捉えつつ物陰に隠れている人を見る。給仕服を着込んだ男性だが、明らかに服のサイズが合っていない。高貴な方々が大勢いる場では格が求められ、給仕の人も体に合っている服装を求められるのに……。

にたりと笑った怪しい人は殿下の様子を窺いながら陛下の方へ向いて小さく口を動かしていた。

手元に黒い魔石があると認めた瞬間、男の口が止まり光り輝く。

「っ、陛下ぁあ!!」

喉《のど》が痛くなるほど大きな声で私が叫べば、ジークとリンも私の視線の先に気が付いた。勘の良い方であれば、今の私の短い一言で理解してくれるはず！

「聖女さま、お見事です!!」

副団長さまの愉快そうな声が会場に響くと、陛下の前に魔術障壁が展開され男が放った魔術が防がれた。数瞬の時が過ぎると、困惑しつつも近衛騎士の方々が陛下方の周りを固める。

「私は良い、ヘルベルトと怪しい者を捕らえよ！」

アルバトロスで一番偉い人からの命が下れば、副団長さまがにこりと笑みを浮かべた。

「――〝細脈《さいみやく》よ、巡れ〟」

詠唱の一節が微《かす》かに耳に届くと、副団長さまの魔力がゆっくり放出され二点に収束していく。なにをする気か分からないけれど、今、この瞬間は……！

「ジーク、リン、お願い!!」

「ああ！」

「うん！」

私のもとからジークは正面に、リンが右方向に凄い勢いで走って行く。ジークは殿下へ、リンは怪しい男との距離を詰める。殿下も怪しい男もむざむざやられまいと、魔力の塊《かたまり》をジークへ、攻撃魔術をリンに放った。——苦もなく二人をやらせない！

「そのまま突っ込んで!!」

私の言葉通りにジークとリンは回避行動を取らず、最短で真《ま》っ直《す》ぐ走る。彼らにぶつかる寸前で私の魔力が殿下と怪しい人の魔力と魔術を弾く。狙いの人物二人はジークとリンに気を取られ、距離がある副団長さまの行動に気を払えない。

「——〝疾《と》く、駆けよ〟」

副団長さまが軽やかに二節目を唱えると、放たれた細い魔力の線がジークとリンを凄い速度で追い抜いて、殿下と怪しい男を目指して行く。

「なっ！」

「っ！」

驚きの声を上げる殿下と、無言で目を見開く怪しい男。数瞬後、高密度の魔力の線が殿下と怪しい人が握っている魔石を落とした。

副団長さまが放った魔術に追随していたジークは脇《わき》を締めた右ストレートを殿下に放ち、リンも上段回し蹴《げ》りを怪しい人物の頸椎《けいつい》の後ろに落とせば重い音が響く。

「……」

殿下は声も上げないまま意識を刈《か》り取られ膝《ひざ》を落とし、怪しい人も同様に床に倒れ込むと、近衛騎士さま方がわらわらと寄って拘束にかかる。魔術具で魔力制限を施されているから、目が覚めても暴れられないだろう。

「ふう」

息を大きく吐いて頬を拭《ぬぐ》えば、ジークとリンが私のもとに戻ってきた。グータッチをしようと手を出すと、むすっとした表情のジークとリン。どうしたと掲げた手を下ろし彼らの顔を見上げたら、ジークが目を細めて問うた。

「腹が立たないのか、ナイ」

「ん、なんのこと？」

首を小さく傾げると、ジークとリンは盛大な溜め息を吐く。

「言いたくないが、化け物と……」

ジークとリンが拘束された殿下に数瞬だけ視線を向けた。ああ、確か殿下が私に対して口走っていたけれど、錯乱した人の言葉を気にしても頭のリソースの無駄である。

「気にしていないし、ジークとリンが私の代わりに怒ってくれるから問題ないよ」

そっくり兄妹が呆れ顔になった。周りの方々も緊張から解かれ学院の生徒が動き始めている。殿下と怪しい人は、近衛騎士の方々に回収されて会場から姿を消していた。来賓の方や陛下と公爵さまたちも動き始めたので、会場にいる私たちはどうなるのかと彼らの方へ身体を向けるのだった。

◇◇◇

殿下が婚約破棄宣言を経て魔力暴走を引き起こし、建国を祝うパーティーを開いている場合ではなくなった。近衛騎士の方々は現場維持に努め、殿下と怪しい人が所持していた魔石は回収され、近衛騎士姿の副団長さまがしげしげと観察している。暫くすると、彼はくるりと顔を私に向けてこちらへ歩いてきた。

「聖女さま、お見事でした。暴走する魔力をご自身の魔力で打ち消すなんて、誰彼にできることではありませんよ。いやあ、大変貴重なものを見させて頂きました」

副団長さまの楽しそうな口ぶりからすると、他人の魔力を自分の魔力で打ち消すことは難しいのか。なら、あの助言は試されていたことになるような。でも、まあ……。

「いえ、副団長さまのご助言がなければ、わたくしは障壁を張り続けることしかできませんでした。ご教授頂き感謝致します」

副団長さまに頭を下げる。魔力の放出が上手くいかなければ、障壁を展開して殿下の魔力が枯れるまで耐えるつもりだった。

「お気になさらないでください。貴重な魔石を回収できましたし、良いこと尽くめ……僕的には、ですが」

副団長さまは国的には問題があると言いたいようだ。彼はフェンリルを霧散《むさん》させることができる実力の持ち主なのに、小さな魔石だけを狙って撃ち落とす繊細さも併せ持っており、攻撃面に関しては本当になんでもアリな方である。

彼と幾度か言葉を交わしていると、会場の学院生が一ケ所に集められた。笑みを浮かべたままの副団長さまと別れ、指示を待っている生徒さんのもとへ行き、怪我を負った方たちに治癒を施す。酷い傷を負った人はおらず胸を撫で下ろした。これで重傷者や死者が出ていれば、更に面倒な事態となる。時間が経つと陛下が壇上に立ち学院生を見下ろした。

「皆、ヘルベルトが迷惑を掛けた。疑いたくはないが、会場内には息子に協力していた者がいるやもしれぬ。暫くの間、不便を掛けるが耐えてくれ」

陛下はアルバトロス王国で一番権威を有している方だから、簡単に頭を下げられない。でも今の陛下の言葉は、学院生に対して最大限の配慮をしたものだろう。これから第二王子殿下と関わった方たちは、取り調べや報告書の提出をしなければならず、私たちも呼び出しを受けるのは確実だ。殿下の暴走を止めるべきは護衛の方々で、仕事を奪った形になり彼らの面子《メンツ》を潰している。

「ヘルベルトには犯した罪の責任を取らせる。ではな」

陛下が踵《きびす》を返し、私たちのもとを去って行く。一国を背負う方が目の前にいたことに緊張していたのか、ふうと短い息が漏れた。緊張が解けたのも束の間、リンが目の前に立って悲愴《ひそう》な顔で私を見下ろした。

「ナイ」

「どうしたの、リン？」

リンは制服のポケットからハンカチを取り出して、私の右頬に当てた。へにゃあと情けない顔になる彼女に苦笑して思い出す。

「痛い……」

魔力の奔流が私の頬を掠《かす》って切れていたことをすっかり忘れていた。

「ナイは自分のことをもっと大事にして」

苦言を呈《てい》した彼女の横にジークが立つと、彼は私に視線を向けて大きく息を吐いた。

「リン、濡《ぬ》らしてきた。こっちを使え」

「ありがとう、兄さん」

ジークはいつの間にか、持っていたハンカチを水に濡らしていたらしい。リンに手渡すと、彼女はまた私の頬にハンカチを当てて傷の具合を見ていた。

「う、染みる……」

そっくり兄妹が私の声に反応して、また息を吐く。たまたま顔に傷を負っただけだし、これから先危ない目に遭《あ》うことは沢山あるはず。ジークもリンも過保護だと言いたいけれど、藪蛇《やぶへび》になりそうだから黙っておいた。

「傷は深いのか？」

「ううん、浅い。でも暫く跡が残るかな……」

「教会に報告して、誰かに治癒を頼もう」

「ん」

ジークとリンの会話をぼーっと聞いていると、騎士の方が早足で私たちの前に立って敬礼を執り、勢い良く口を開ける。

「失礼致します！　聖女さま、出頭命令が下りました。ご同行願います」

「承知致しました」

断る理由はなく素直に頷いた。聖女として呼ばれたならジークとリンも一緒である。

「あの、生徒の皆さまはどうなるのですか？」

少し気になるので聞いてみると、取り調べを受けたあと解散となるようだ。一応、今日の出来事は口外禁止令が下っている。全容を明らかにして王家から説明されるまで、あることないこと喋って噂《うわさ》を広めるなということか。騎士の方を前と後ろに従《したが》えて移動を開始する。会場の扉を抜けると、見知った方が杖を突いて立って私たち一行を呼び止めた。

「ナイ、良くやった。隠れていた魔術師を見つけ出したこと、殿下の暴走を抑え死者を出さなかったことは褒めねばなるまい」

公爵さまが私の名前を呼んでくれなければ、殿下に対して強気に出られなかったので感謝している。ただ、殿下とソフィーアさまの問題に首を突っ込んだのは余計なことだろう。

「いえ、閣下。出過ぎた真似をし、申し訳ありませんでした」

小さく頭を下げて床を見る。第二王子殿下の気持ちを汲《く》み取りつつ、無難に事態を納めることもできたはずだ。それに、殿下の魔力の流れがおかしいと気付いた時に止めていれば、こんなことにはならなかった。

「ナイが気にする必要はあるまい。祝いの場で無謀な行動を取った者が悪かろう。そして、唆《そそのか》した者もな」

公爵さまの言葉に床から視線を上げて彼の顔を見れば『ではな』と言い残して彼は去って行った。悪い顔をしていた気がするが……私の見間違えだろうか。

「参りましょう、聖女さま」

騎士さまの言葉に頷き、学院と王城を繋《つな》ぐ王族専用通路を歩いてアルバトロス城へ入る。警備レベルの低い部屋に通されると、待機していた魔術師さんが頬の傷を治してくれた。傷跡は時間が経てば綺麗に消えるそうだ。お礼を告げたら、副団長さまに伝えてくださいと言い残して魔術師さんは部屋を出る。派遣された彼は、副団長さまが手配してくれたようだ。

魔術師さんと入れ替わった近衛騎士の方に今日のことを洗い浚《ざら》い語る。何故か入学から二ヶ月間のことも聞かれ、全ての聴取が終わったのは日が落ちていた。深く息を吐くと、近衛騎士の方が私に向かって苦笑いを零した。

「申し訳ありません、聖女さま。宰相閣下《さいしょう》がお呼びです。ご同行願えますか？」

何故、宰相さまが私を召喚《しょうかん》するのだろう。近衛騎士の方が事情聴取のために城へ私を呼ぶのは分かるが、政に携わる陛下の次に偉い方が私と関わりを持つ意味が分からない。それを踏まえると、今回の件のお叱《しか》りだろうか。

副団長さまと魔術師団の方々を配備していたから、殿下の行動や目的は王家に筒抜けだった可能性もある。第二王子殿下がソフィーアさまに婚約破棄を告げた時も、誰も止めに入らず様子を窺っていたようだし、やはり私は出しゃばりすぎたか。首と胴体がサヨナラしちゃうことはないと踏んでいるけれど、王族とお貴族さまの間に割って入った平民だから良い印象はないはず。

説教だろうと覚悟を決め、騎士さまの後ろに付いてお城の中を歩いて行く。普段、足を向けることのないエリアに踏み込み案内された先は――凄く豪華な部屋だった。

「こちらへお掛けください。申し訳ありませんが、少々お待ちを」

近衛騎士の方の丁寧な対応を受けながら椅子に腰を下ろす。ジークとリンは私の護衛として壁際に控えた。怒られると身構えていたから、少し拍子抜けしつつ宰相さまを待っていると、四十代くらいの男性が三人並んで部屋に現れた。彼らの背後には護衛の騎士の方が沢山控えている。国の重鎮となれば、凄い数の護衛を侍らせるなあと感心しながら、静かに席を立って礼を執る。

「そう身構えなくとも良い。楽にしなさい」

「はい」

声を掛けられ顔を上げると、学院のホールで陛下と談笑していたお偉いさん……ヴァンディリア王（仮）が私の前に立っていた。その隣に控えている方が宰相さまで、もうお一方、アルバトロスのお偉いさんが立っているが印象に残り辛い方だった。

「初めまして、アルバトロスの聖女よ。私はヴァンディリア王国国王、ミハイル・ディ・ヴァンディリアだ。此度《こたび》はアルバトロス王に黒髪の聖女と顔合わせがしたいと無理を願い、聞き入れてもらった」

私の前に一歩近寄り視線を合わせるために背を屈め、ヴァンディリア王は名乗った。やはり王さまだったかと納得しつつ、私は膝を突いて頭を下げる。

「このような姿でヴァンディリア国王陛下の御前に立つことをお許しください。アルバトロス王国にて聖女を務めております。名をナイと申します」

本当なら制服ではなく聖女の衣装を纏って会わなければならないお方だ。学院生の制服でも正装だが、目の前の彼が望んだ者は聖女の私である。失礼のないよう丁寧に頭を下げた。

「非公式な場だ、顔を上げてくれ。しかし……会場では随分と無茶をした。余所者《よそもの》ゆえに口は挟めぬが、其方《そなた》に厳しい処分が下ることがないよう願い出た」

私の右頬にヴァンディリア王の手が伸び、薄く残っている傷跡に親指の腹を添わせた。アルバトロス王国の事情に口出しすれば内政干渉になるのに良いのだろうか。

「ご配慮、感謝致します」

とはいえ他国の王さまの言葉である。ある程度は考慮されるから有難い。有難いが、目の前のお方の言葉を素直に受け取れなかった。きっと裏があって、私と面会したはず。

「気にするな。今回は私の顔を覚えてほしく面会を願った。――ではな、聖女よ」

軽く手を上げたヴァンディリア王はそそくさと部屋から出て行くと、宰相さまと他のお偉いさん方も一緒に出て行った。どうしてヴァンディリア王が私との顔合わせを願ったのか……首を傾げても答えてくれる人はいない。今年の建国祭は振り回されただけだったと、痛みを感じたお腹に手を当てて擦《さす》ってみる。

とにもかくにも用事は終えたし疲れたと、案内役の騎士の方と一緒に部屋を出て教会宿舎へ戻るのだった。

◇◇◇

――翌日、朝。

昨日は第二王子殿下の婚約破棄宣言から魔力暴走に巻き込まれて大変だったと、ベッドから起きて、お腹を擦りながらお手洗いに入る。用を足してなんとなく視線を落とすと、便器の中が真っ赤に染まっていた。はて。生理はまだのはずなのに何故と首を傾げて注意深く観察してみる。

――ただの血尿だな、コレ。

「……マジか」

個室で一人ぼやく。ぼこすかとお腹を殴られれば内臓に傷が付き、尿に血が混じることはある。昨日は通常の手順ではない魔力放出だったから、内臓に負担が掛かったのだろう。数日安静にしていれば治るのだが……血尿が出たと言えばジークとリンは心配するので、黙っていた方が得策か。治らなければシスターに相談しようと決め、扉から出て手を洗い布で拭っているとリンが姿を現した。布を元の場所に戻して、感情を読み取り辛い彼女の顔を見上げる。

「おはよう、リン。ちゃんと眠れた？」

「おはよう。うん、大丈夫。……ナイ、お腹壊したの？」

リンが私を見るなり情けない顔をして見下ろした視線の先は、お腹である。私は気付かないうちにお腹を手で押さえていた。あ、ヤバいと彼女に合わせていた視線を少しだけ逸らす。

「ちょっとね」

私の返事を聞いたリンの顔が更に情けないものになる。

「大丈夫だよ。リンは、いつも心配しすぎ」

「本当に？　ナイは肝心なことを教えてくれないから」

彼女の言葉にうっと胸が痛くなる。リンから更に視線を外すと、私の様子がおかしいと感じたのかリンが背を屈めて圧を掛けた。ジークとそっくりな行動だった。

「ごめん、嘘《うそ》ついた。おしっこに血が混じってて……」

少し恥ずかしいが、相手はリンだし気にする必要はないか。今日は一日宿舎で過ごす予定だし、部屋で安静にしていよう。

「え…………」

リンがこの世の終わりみたいな顔を浮かべ、私の背後に回り両手を差し出し片方は肩に、片方は私の膝裏に回して持ち上げられた。所謂《いわゆる》、お姫さま抱っこだった。

「兄さん、兄さん!!」

一階にある手洗い場から、二階に続く階段を凄い速さでジークを呼びながらリンは駆け登る。足長いなあと感心しつつ、落ちると痛いのでリンの首に手を回していた。

「ナイが死んじゃう、どうしよう！　おしっこに血が混じってたって!!　ナイが死んじゃうよう……」

リン、宿舎の皆さまに丸聞こえ……と言いたい気持ちは飲み込んだ。今にも泣き出しそうな顔で、ジークの部屋の前に立っているのだから。朝からどうしたと部屋から顔を覗かせた方々と同時に、リンに名を呼ばれた本人も顔を出した。

「リン、どうした？　あと落ち着け」

私を抱きかかえているリンを見て少し驚いた表情を見せたジーク。

「兄さん！　ナイが死んじゃう、どうしよう!!」

リンは混乱したまま、先ほどから同じ言葉を繰り返している。ジークは彼女の言葉に要領を得ていないが、私になにかあったと悟り一瞬にして表情が変わった。

「ナイ、なにがあった？」

ジークは普段より声のトーンを落として、私に真剣な顔で問いかけた。

「えっと。死にはしないけれど、昨日のことでおしっこに血が混じっていまして……安静にしていれば大丈夫だから慌てる必要はないよ。リンも落ち着こう、ね？」

腕を伸ばしてリンの顔に手を当てて、ゆっくりと親指の腹を動かした。

「全然大丈夫じゃない！　おしっこに血が混じっているんだよ！　絶対体に良くないよ!!」

確かによろしくはないのだが、説明しても納得してくれそうにない。リンの肩をタップしても、降ろす気配はない上にジークもリンの言葉に反論せず、なにか考え込んでいる。

「リンの気持ちも理解してやれ。ナイは自分に魔術を施せないだろう。教会に行って事情を話そう。全てを打ち明けることはできないが、シスターなら治癒を施してくれる」

昨日のことは緘口令《かんこうれい》が敷かれ誰彼なしに語ることはできないが、暈《ぼか》して話せば治癒を施してくれるはず。聖女さまにお願いすると寄付を強《し》いられるが、シスターか神父さまに頼むと、奉仕活動か礼拝の参加等々を条件に治してくれる。お金を払わなくて良いちょっとした抜け道なのだが、大袈裟に治癒を施してもらうのは気が引けた。

「大したことないのに……」

むう、と口がへの字になるのが分かった。ジークとリンは呆れた雰囲気で私を見ている。沈黙すること暫《しば》し、どたどたと木の板を踏みしめて私たちの側までやってきた人がいた。

「大事《おおごと》じゃないか！　早く教会にお行き！　アンタは大事な聖女さまだよ、身体を大事にしなっ‼　ほら、騎士二人。しゃんとして早く連れて行ってやりな！」

五年ほど前から住み込みで働いているおばちゃんだった。遠慮のない人で強引な所もあるが、みんなの世話を焼いてくれる肝っ玉母ちゃんを地で行く人。小さいから沢山食べろと言って、いつもご飯の量を増やしてくれる。宿舎内では逆らえないので、大人しく彼女の言葉に従うことになった。

おばちゃんの後ろには、宿舎で生活している方たちがうんうんと頷いて早く行けと訴えている。急《せ》かされた私たちは、おばちゃんにほらほらと手で追いやられ、宿舎の玄関先から外へぽいっと放り出された。

「……勢いが凄いね」

「だな」

「ね」

いや、うん、まあ……おばちゃんはいつもあの調子だけれど。朝の早い時間だが、教会は陽の出と共に大扉が開かれている。聖堂へ進むと折良く朝拝を済ませたクレイジーシスターが私たちに気付いて、体をこちらに向けた。

「あら、ナイちゃん。ジークフリードくんにジークリンデちゃんも。こんな朝早くからどうなさいました？」

クレイジーシスターがにこりと笑みを携えて、聖堂の真ん中を歩いて私たちの前に立つ。私はリンに抱きかかえられたままなのに、彼女は気にしていないのか、スルーを決め込んでいるのか……突っ込んでほしいけれど突っ込んでくれない。

「おはようございます、シスター。先触れも出さず朝早くに訪れて申し訳ないのですが、聖女さまのことで相談があります。話を聞いて頂けないでしょうか？」

「ジークフリードくん、おはようございます。ナイちゃん……聖女さまのことでしたら奥の部屋へ参りましょう」

更に笑みを深めたクレイジーシスターは踵を返し、私たちも彼女の後ろを付いて行く。主祭壇横の扉を抜け別室へと案内され、神父さまを呼んでくると言って部屋を出て行った。ようやくリンから解放され椅子に腰掛けて待っていれば、老いた男性が部屋に入ってきて後ろにはクレイジーシスターもいた。

「待たせたね。君はまた無茶をしたのかい？」

机を挟んで椅子に腰を下ろした神父さまは、私が保護された際に魔力測定を担ってくれた方である。直後の魔力暴走と脱走劇で随分と迷惑を掛けていた頃を知っている方だし、私がまたやらかしたと判断したようだ。

「少し事情がありまして。詳しいことは追って話せるようになると思いますが……魔術を行使しないまま魔力の放出だけを試みました。身体に負担が掛かっていたようで、尿に血が混じってしまって……」

殿下のことは言えず、私の昨日の行動だけを伝えてみる。

「君はなにをしているのだね……そんなことをすれば体に負荷が掛かるのは当然だ」

「ええ。本当になにをなさっているのです、ナイちゃん。魔術を行使するためには詠唱が必要です。魔力の放出も詠唱が必要なのですよ？」

もちろん知っている。お城で魔力補塡を担うために魔力を放出しているのと、昨日の指向性を持たせて殿下の荒れ狂う魔力を取り込んで打ち消す行為では違う代物になる。それに対する詠唱、もしくは魔術があるのかもしれないが、教えられていなかった。

「すみません、止むを得ない事態に陥《おちい》りまして……」

「まあ、その話は良いでしょう。シスター・ジル、聖女さまに治癒を。請け負う条件は君が決めて構わないよ」

神父さまが、クレイジーシスターの名を呼ぶ。私が事情を話せないことに深く突っ込む気はないようだ。シスターも特に気にしておらず、神父さまの言葉に一つ頷いて口を開く。

「承知致しました」

にこりと笑ったクレイジーシスターに出された条件は、用事がなくとも教会に顔を出してほしいとのこと。とんでもない願いを彼女は告げるのかと思いきや、可愛《かわい》らしいものだったし、私の体調異状を報告書に上げると公爵家から見舞いの品が届くことになるのは、もう少し先のことだった。

第二王子殿下の婚約破棄事件から二日しか経《た》っていないのに、本日より登校するようにと学院から通達が出された。もう数日は待機だろうと考えていたのに、アルバトロス上層部と学院が下した判断は随分と早い。進学校の側面があるので致し方ないが、第二王子殿下と共謀していた方が学院内にもいる可能性だってある。共謀犯はいなかったとも考えられるが、それでも早いと言わざるを得なかった。

ジークとリンと私はいつも通り乗合馬車に乗って学院に着くと、学院生も普段通りに馬車から降りて、校門を目指し校舎へと歩いて行く。私たちも校門をくぐり途中で二人と別れて特進科の教室に辿《たど》り着き自席に腰を下ろした。

「…………」

事件があったのに特進科の方々は普段の様子と変わらないが、私も特に変わりないから人の事は言えないか。少しだけ視線が私へ注がれているけれど、平民聖女に話しかけてくる奇特な方はいなかった。いるとしたらソフィーアさまとセレスティアさま、次にマルクスさまくらいだが、ソフィーアさまはまだ登校されていないし、セレスティアさまとマルクスさまは席で授業の準備を行っている。緑髪くんと青髪くんと紫髪くんも、ヒロインちゃんがいた頃の行動が信じられないくらいに教室の自席で静かに過ごしていた。ふうと息を吐いてホームルームを待っていると、担任教諭が登壇して一昨日《おととい》のことは忘れろと告げる。教室にはぽっかりと空いた二つの席と、もう一つ空の席があった。

「休みは、ハイゼンベルグ嬢だけか。珍しいな」

教諭がぼそりと呟《つぶや》いた。もう一つが、ソフィーアさまの席である。本当にソフィーアさまが学院を休むのは珍しい。殿下の席近くにある彼女の場所は、入学から一度も空いたことがなかった。私と同様に疑問に感じているお方がいるようで、特徴的な巻き髪が右側に傾いていた。

その日から二日経っても、ソフィーアさまは学院に姿を見せていない。第二王子殿下のことで揉《も》めているのか、単に体調不良なのか。彼女との関わりは薄いのに、いつもいる方がいないだけで違和感を抱くとは。放課後、宿舎に帰る準備をしながら今日も主《あるじ》のいない席を見て息を吐く。最近溜め息が多いと目を細めていれば、机に座す私に影が差した。

「ナイ。ハイゼンベルグ公爵家に参りませんか？」

セレスティアさまが私に声を掛け、ソフィーアさまの様子を伺《うかが》いに行こうと誘われた。断る理由はないのだが、どうして彼女は私を誘うのだろう。一人で行くのが寂しいなら、辺境伯家の寄子《よりこ》の方にお願いすれば良いのに。

「承知致しました。しかし、私がご一緒して良いものなのでしょうか？」

疑問を直接問えず、少々遠回しな質問をセレスティアさまに投げた。

「構いませんことよ。同行者は先方に伝えておりますし、わたくし一人で公爵家に赴《おもむ》くのは癪《しゃく》ですもの。もちろん、貴女《あなた》の騎士も共に参りましょう」

随分と手回しの早いことで。だがジークとリンも一緒に同行させてほしいと願い出る手間がなく有難い。セレスティアさまはソフィーアさまにいつも喧嘩《けんか》を吹っ掛けているので、気になるが一人でハイゼンベルグ公爵家に赴くのは照れ臭いようだ。私もソフィーアさまの様子が気になるから渡りに船である。学院帰りなら制服でも失礼にはならないだろう。

「さ、行きますわよ、ナイ」

鉄扇《てっせん》をばさりと広げて教室から廊下へ出たセレスティアさま。彼女はすたすたと廊下を歩いて行き、後ろを振り返る様子はない。私は置いていかれないように通学鞄《かばん》を持ち、ドリル髪の後ろ姿を必死に追いかける。

ジークとリンを連れても良いとのことだが、二人とどこで合流するのだろう。話をしていないので、いつもの場所で待っているはずだが、今通っているルートは合流場所とは違う道だ。どのタイミングでセレスティアさまに二人のことを告げようかと考えていれば、結局校門に辿り着いてしまった。機を逸《いっ》したと目を細めると、背の高い赤毛の男女の姿を見つける。

「ナイ」

「……ナイ」

ジークとリンが私の姿を見て、安堵《あんど》した顔を見せた。何故《なぜ》、そんな顔を浮かべるのかと首を傾《かし》げるが、疑問は直《す》ぐに氷解することになる。ジークとリンの側にいた方が、セレスティアさまに身体《からだ》を向けて口を開いた。

「セレスティア、言われた通り双子を連れてきたぞ」

マルクスさまが頭をぼりぼりと掻《か》きながら、ジークとリンを顎《あご》でしゃくった。二人はマルクスさまに呼び出しの理由を教えられないまま、校門まで連れてこられたのだろう。

「マルクスさま、ありがとうございます」

セレスティアさまはマルクスさまの態度を咎《とが》めず、お礼を告げるのみ。余計な喧嘩をおっぱじめても止める人がいないので、有難い限りだった。

「俺は帰る。じゃあな」

しずしずと頭を下げるセレスティアさまに、マルクスさまが去って行く。彼女の尻に敷かれている感じが、日増しに強くなっているのは気のせいだろうか。マルクスさまの背を見送ること暫《しば》し、セレスティアさまがジークとリンに今日の件を告げ、二人は静かに頷《うなず》いた。

校門を出て、ヴァイセンベルク辺境伯家の馬車に乗り公爵邸を目指す。ジークとリンは護衛として外の警備を担《にな》うため、馬車の中にはセレスティアさまと私しかいない。特殊な状況に柄にもなく緊張してしまい、窓の外を眺めながらなにを話せば良いのか考えていると、セレスティアさまが先に口火を切った。

「ナイ、聞きたいことがあるのではなくて？」

「……それは」

聞きたいことは沢山ある。どうして彼女は私を誘いハイゼンベルグ公爵家に行くのか謎《なぞ》のままだし、ソフィーアさまが学院に登校していない理由も分からない。セレスティアさまとソフィーアさまは幼馴染《おさななじみ》のようだが、私が持ち得る情報は些細《ささい》なことしかない。

情報を得るために気軽に問えれば良いが、なにも考えず噂《うわさ》話や出来事を語れない。悩む素振りを見せた私に、セレスティアさまはばさりと鉄扇を広げ口元を隠した。

「貴女は随分と慎重に物事を運ぼうとしますわね。周りを見るのは良いことですが、貴女の考えや信念、矜持《きょうじ》を曲げてしまっては本末転倒でございましょう」

一度広げた鉄扇をぱしんと音を立てて閉じ私を指した。

「相手は見定めねばなりませんが、あまり謙《へりくだ》る必要はなくてよ？」

セレスティアさまはうふふと笑って、私の瞳をしっかり捉《とら》える。彼女の言いたいことは理解できるが、お貴族さまと余計な波風を立てたくない。面倒になるのは確実だし、彼らと関わって理不尽な理由で仲間を斬《き》られたこともある。公爵さまとの出会いを経《へ》て不条理な方ばかりではないと頭で理解しているものの、心のどこかでお貴族さまを信じきれない自分がいた。

「さ、着きましたわ。降りましょう」

いつの間にか、ハイゼンベルグ公爵家に辿り着いていた。ソフィーアさまは大丈夫だろうかと、馬車の窓から豪華な邸《やしき》を見るのだった。

◇◇◇

公爵邸に着いた。馬車回しでセレスティアさまは辺境伯家の従者の方のエスコートを、私はジークのエスコートを受けて馬車から降りる。何度か訪れている公爵邸なのに、ジークとリン以外の誰かと一緒に訪れるのは初めてだった。公爵家の執事さんに案内されながら来賓室に通され、ソフィーアさまを呼んでくると告げて彼は扉を出て行った。

ソフィーアさまは大丈夫かと気になる私を他所《よそ》に、セレスティアさまは落ち着いた様子で待ち、ジークとリンも部屋の片隅《すみ》で静かに控えている。待つこと暫し。ドアノブを捻《ひね》る音が鳴り、件《くだん》の方が侍女さんを引き連れて姿を現した。

「すまない、待たせた」

彼女の姿形は変わらないが、少し憂《うれ》いを帯びている。婚約破棄事件前はいつも覇気のある方だったのに、それが薄い気がするのだ。私の隣に座っているセレスティアさまがソフィーアさまを見るなり、良い顔になって言葉を紡《つむ》いだ。

「あら、ソフィーアさん。学院を休んでいらっしゃるのに、お元気そうでなによりですわ」

いつものごとく喧嘩腰で突っ掛かるセレスティアさま。侍女さんがお茶を淹《い》れてくれ、それぞれに配り終えると壁際に控えた。

「少し考えたいことがあって休んでいたのだが……セレスティアが見舞いに訪れるとは驚いたよ。明日は雨が降るかもしれないいな」

「冗談を返す余裕はあるのですね。で、生真面目《きまじめ》なソフィーアさんが学院を数日お休みなさっていた理由は？　考えたいことがあると言って、休む方ではないでしょうに」

だから公爵邸に赴いたのですわ、とセレスティアさまが言った。頭がすこぶる良いソフィーアさまなら考え事があったとしても、授業を受けながら両方を思考できそうだ。短い付き合いだけれど、ソフィーアさまとセレスティアさまは学院をサボるような方ではない。

「……」

ソフィーアさまは理由を語りたくないようだ。そんな彼女にセレスティアさまが真剣な眼差《まなざ》しを送っている。まるで理由を教えてくれるまで帰らないと言いたげだった。沈黙が続くとセレスティアさまに根負けしたのか、ソフィーアさまが大きく息を吐いて目を閉じた。

「全く、セレスティアは昔からそうだ。気になることがあれば、即行動して即解決しようとする。私と二人きりで会うのは避けたいからナイを巻き込んだな。周りに迷惑を掛けるのは止めろと何度も言っているだろうに」

「分からないことをそのままにしておくのは、気持ち悪いだけですから。〝手は優雅に、心は熱く、頭は冷静に〟が、わたくしの信条ですもの。頭に引っ掛かるものがあるのは邪魔で仕方ありません」

セレスティアさまは鉄扇を広げて雅《みやび》にあおぎ、ドヤ顔を披露しながら言葉を続ける。

「教室でナイは貴女の席へ何度も視線を向けていましたわ。気になるけれど立場があるから誰にも聞けないと、我慢していたようですから。なら姿を見せない本人に直接問えば良いだけですし、他人から齎《もたら》される情報よりソフィーアさんご自身の言葉に価値があります。たとえ貴女が嘘《うそ》で誤魔化《ごまか》したものでも」

長台詞《ながぜりふ》を言い終えた彼女は私に顔を向けて、ふふふと笑みを携《たずさ》えた。頻繁《ひんぱん》にソフィーアさまの席を見ていたつもりはないのだが、セレスティアさまは私の小さな行動でそこまで見通していたのか。

「断れない相手から頼まれたナイの気持ちはどうなる……とは言え、私も無理に茶会に誘ったからセレスティアのことを悪く言えないな」

ソフィーアさまが自嘲《じちょう》的な笑《え》みを浮かべながら私を見る。お貴族さまから平民へのお願いは、強制だから仕方ない。ただ頭の片隅に気遣いがあったと知れただけでも良かった。巻き込まれた私は、お茶会に参加していたご令嬢さまからマウントを取られて大変だったけれど。週に一度の補塡《ほてん》というのは異様な回数だと知ったけれど……。

「それで、ソフィーアさん。再度問いますが、学院をお休みになられていた理由は？」

「婚約白紙を受けて、これからどうすべきか考えていた。殿下との婚約は公爵家が私に打診したものので、私も望みがあったから話を呑《の》んだ。七年ほど殿下と関係を築いて、彼に抱いていた情は一方的なものだったようだしな……」

第二王子殿下とソフィーアさまの婚約は、公爵家から彼女に強制されたものではなく、相談の末に引き受けたもののようだ。そして七年の時間はソフィーアさまが殿下に特別な感情を抱く理由になり得たらしい。

殿下のやらかしで婚約は白紙となり、元の状態に戻ることになるのだが、殿下のやらかしを止められなかった元婚約者と揶揄《やゆ》されるだろう。人は身勝手で、ありもしないことを面白おかしく噂を広め楽しむ傾向がある。社交界は家と家の揚げ足取りに勤しむので、噂が酷《ひど》くなる可能性も捨てきれない。

「これからのことを考える時間が欲しかった。学院を休んでいた理由はそれに尽きるな。学院には明日から顔を出す。心配を掛けたならすまなかった」

「……まあ、生真面目な貴女からそこまで理由を教えて頂けたなら僥倖《ぎょうこう》でしょうか。少し前であれば、考えたいことがある……だけで留めていたでしょうし。嗚呼《ああ》、心配はしておりませんわ。ソフィーアさんが己の役目を放り出すとは考えていませんもの」

セレスティアさまが最後に伝えた言葉は、第二王子殿下への皮肉だろうか。

「わたくしの用は済みましたので、これにて失礼させて頂きます。では、また明日」

セレスティアさまが立ち上がったので、私も椅子《いす》から立ち上がろうとすると、彼女が手で制止した。ぽすん、と私のお尻が椅子に戻る。セレスティアさまを見上げると、不敵に笑いそのまま辺境伯家の護衛の皆さまを連れて出て行ってしまう。

「置いて行かれた……」

公爵家から教会宿舎まで結構な距離があるのにどうしよう。ぼそりと呟いた私の言葉に、ソフィーアさまが苦笑を浮かべて軽く息を吐いた。

「置いて行かれたな。まあ、ナイを我が家まで連れてきたのはセレスティアなりに考えがあってのことだ。帰りの足なら用意しよう。セレスティアはいつもあの調子で周囲の者を巻き込むが、彼女なりに考えた上での行動だ。許してやってくれ」

ソフィーアさまは侍女さんに視線を向けて馬車を用意するようにと告げ、私に視線を合わせる。どうやら雑談タイムに突入したようで、聞きたいことがあるなら今が好機だろう。

「はい。……あの、体調は大丈夫ですか？」

とりあえず一番気になっていたことを聞いてみた。体調を崩していなければ良いのだが。

「ああ、平気だ。セレスティアに伝えた通り、学院を休んでいたのは考えたいことがあったからだ。まだ先は見えないが、祖父と父から将来の道筋を付けてもらうことを確約して頂いている。心配は必要ない」

それは貴族のご令嬢、ハイゼンベルグ公爵家のソフィーアさまとしてではないだろうか。公爵家の名前を取り払って、彼女個人の道筋を付けてくれるのだろうか。

公爵さまは個人より貴族の務めを優先できるお方だ。大事な孫娘を不幸のどん底に突き落とす趣味はないが、必要ならば実行できる。公爵家に有利な婚約が打診されれば、凄《すご》く歳《とし》の離れた方を彼女に宛《あ》てがうこともあるだろう。ソフィーアさまもお貴族さまとして立派に立ち振舞わなければと考えている。公爵家のためなら、己の心を押し殺して首を縦に振るに違いない。

「私よりナイは大丈夫なのか？　血尿が出たと祖父から聞いた。教会のシスターに治癒《ちゆ》を施《ほどこ》してもらったとも聞いたが、きちんと治ったのか？」

あれ、バレている。情報入手が早いと感心しながら、公爵さまも仕事の話を孫娘にするのかと妙な関心を抱いてしまった。

「はい、問題ありません。シスターの治癒は完璧でした」

「そうか。なら良かったよ」

ふっと柔らかな笑みを浮かべるソフィーアさま。お茶会の打診しかり、孤児院でばったりと出くわしたことしかり、何気に彼女と縁を繋《つな》いでいる気がする。お貴族さまが平民と関わることはく、路傍の石くらいに捉えているはずなのに。良い機会だし、ひとつ勇気を振り絞って踏み込んでみよう。

「あの……何故、平民の私をソフィーアさまが気に掛けてくださっているのでしょうか？」

「ナイは平民だが聖女だろうに。お前はいつまで自分の立ち位置を認めないつもりだ。魔獣討伐も殿下の暴走を抑えたのも立場と力を持っているからだ…………問から外れているし説教になりそうだな。ここから先は私の独り言だ――」

うぐ……ソフィーアさまにまで周囲の人から良く言われる台詞《せりふ》を頂いてしまった。耳を塞ぎたい気持ちを抑えながら、彼女の独り言を静かに聞き届ける。

ソフィーアさまは幼い頃、とあるお貴族さまが貧民街の子供を斬り殺したところを馬車の窓から偶然目撃したそうだ。彼女の言葉に私の記憶の扉が開かれる。随分と昔、貧民街の子供、お貴族さまが乗る馬車……——頭の奥底にこびり付いている忘れられない記憶が蘇《よみがえ》る。いや、まさか……そんな偶然あるはずがない。

「貴族だからと、あのような理不尽が何故まかり通るのかと父に問うてみた」

ソフィーアさまのお父上から返ってきた答えは、幼い子に告げる言葉ではなかった。貴族は平民を斬っても罪に問われることはない。理不尽を無くしたいなら、立場と力を手に入れるしかないと。状況を変えたいなら、今より更に高い地位が必要だと教えてもらったそうだ。

どう動けば良いのかは、ソフィーアさま自身で考えろとも教えられた。なら彼女はどうすれば良いのか……貴族として立場を手に入れ、社会から零《こぼ》れ落ちている人を救おうと幼いなりに考えていたところに、タイミング良く舞い込んできたのが第二王子殿下との婚約話だった。家から強要されたものではなく、受けるも断るも自由と告げられて。

「だから私はヘルベルト殿下との婚約を受けた。私の願いを叶えるには時間が掛かってしまうが、一番堅実な方法だったからな」

第二王子妃の立場を手に入れて、孤児院の運営や貧民街の人間を救うために予算を取り、梃《てこ》入れをしたかったそうだ。無論、貧民街を潰《つぶ》す気などなく、最底辺から抜け出したいと願う大人と子供を救う制度を確立したかったたと。

「今でもはっきりと思い出せる。斬られた子供を抱きしめて、横暴な貴族に立ち向かった黒髪黒目の幼い少女を……仲間を抱きかかえて、何故斬ったと必死に訴えていたところも」

ソフィーアさまは目を細めながら私を見る。——仲間の一人が馬車の前を横切り、足止めされた責任を取れとお貴族さまに斬られてしまった。当時、お貴族さまの怖さを知らなかった私は、斬った奴に向かって文句を付けたことも覚えている。下手をすれば私も仲間と共に死んでいたが運良く生き延びた。

「本当に偶然とは恐ろしい。祖父がナイの後ろ盾《だて》になっているのも最近になって知った」

言い方は悪くなるが、黒髪黒目の少女は死んでいると考えていたらしい。それに必死になって歩んできたから、学院に入学してきた私を当事者だと露《つゆ》とも思っていなかった。お城の廊下で私に声を掛けたあと、あの時の子供ではないかと気付いたそうだ。

私が公爵さまから支援を受けていることを知り、頻繁に様子を窺《うかが》っていたようだ。もちろん彼女が聞ける範囲のみで、私が公爵さまとどうやって縁を繋げたのかは知らないとのこと。

「私が殿下を利用していたことを、彼は心のどこかで分かっていたのかもしれない……魔眼の力もあるだろうが、私の願いが彼を破滅に導いた一端だ。婚約白紙を受けたことは私の身勝手さからだろう」

ソフィーアさまは婚約が白紙になったことに責任を感じているようだ。私には殿下が自身の役目から逃げたことが原因に思えてならないが、彼女は他の人に責任を転嫁《てんか》できないようだ。

やはりお貴族さまが住む世界は面倒だ……でも。

ソフィーアさまの目を確《しっか》りと見て、言葉を紡ごうとした時だった。二度ノックする音がして入室の許可を求める声が扉の向こうから聞こえれば、ソフィーアさまが入室を促《うなが》す。

「お嬢さま、失礼致します。馬車のご用意ができました。いつでも出発可能です」

馬車の用意を行った侍女さんが戻ってきて、しずしずとソフィーアさまに頭を下げる。

「分かった。さて、無駄な独り言に付き合わせてしまったな。今のことは忘れてくれ」

ソフィーアさまが席を立って告げた言葉に、そんなことはできないと心が叫んでいた。死んだ仲間を覚えている人は何人いるのだろうと、来賓室の床を見る。貧民街の仲間以外に覚えている人なんていないはずだったのに、目の前に現れるのは想定外だった。死んだ仲間は戻ってこないけれど、どうしようもなく苦い思い出が誰かに影響を与え、次へ繋いでくれていたことは素直に嬉しくて視線を上げた。

「忘れることなんてできません」

私も彼女に倣《なら》って席を立ち、応接机を挟んで立つソフィーアさまの瞳を捉える。

「私は仲間の死を嘆くことしかできませんでした。でも、こうしてソフィーアさまが誰かのためにと心を砕いてくださっていることを知れて良かったです」

本当に偶然って凄い。私が黒髪黒目でなければ、彼女の願いを聞くことはできなかった。偶《たま》には私の地味な容姿も役に立つのだなと公爵家の天井を見上げれば、空へ渡った仲間の笑う顔が浮かぶ。小さくてちっぽけで……なにもできなかった私が見た幻かもしれないけれど。

「そうか、そうだな……。きっとお互いに忘れられない独り言だ」

ソフィーアさまが目を閉じて、穏やかな声音で告げた。口外はしないと暗に告げたのは彼女なりの気遣いだろうと、いつも通りぴしりと伸ばしている背を追って部屋を出たのだった。

◇◇◇

翌日、朝。ソフィーアさまは宣言通り学院に登校して、自席に着き静かに授業の準備を進めている。数日間休みを取っていた彼女が姿を現したことに、クラスメイトが驚きの視線を向けているが、誰もソフィーアさまに話し掛けない。ただ一人、例外がいて彼女の席の前に立ってふふと笑う。

「あら。本当に登校なさったのですね、ソフィーアさん」

「長く休む訳にもいかんしな。昨日の見舞いは嬉《うれ》しかったよ。心配を掛けた」

セレスティアさまがいつも通りに声を掛け、ソフィーアさまが言葉を返す。初めて見た時はマウント合戦怖いと慄《おのの》いていたけれど、慣れてしまえば日常の一コマだった。マルクスさまは二人の様子を見て深々と溜め息を吐き、緑髪くん、青髪くん、紫髪くんも若干引きつつも、彼女たちを見守っているだけだ。

セレスティアさまは鉄扇を広げて口元を隠し忌々《いまいま》しそうな顔を見せたかと思えば、目を細め小気味良い音を鳴らして鉄扇を閉じて小さな笑みを携えている。ソフィーアさまもセレスティアさまの態度を咎めることはなく、驚いていたクラスメイトも次第に興味を失っている。切り替えが早いと感心していれば、男子生徒の一人と目が合って直ぐに視線を逸《そ》らされた。

一瞬目が合った彼は伯爵家出身の方だったはず。嫡子《ちゃくし》ではなく、顔と名前を覚える優先順位は低かった。黒髪黒目の珍獣が気になっただけと授業の準備を進めていれば、ホームルームが始まる。やる気のなさそうな担任教諭の挨拶《あいさつ》を聞き、授業を受けて一日が終わった。

——学院がお休みの日。

今日は二度寝を貪《むさぼ》るのも良いよねとジークとリンに話をして、遠回しに起こさないでほしいとお願いしていたのに……朝、何故か教会職員とシスターたちに叩き起こされ、教会地下の水場へ放り込まれて丸洗いされた。

聖女の衣装には香を焚《た》いて匂いを染み込ませ、ほんのりと化粧も施された。ジークとリンも騎士服を纏《まと》って教会の聖堂で私を待っているが、いつもより服がぱりっとしている。外には教会の馬車が用意され、御者さんが煙草《たばこ》を吹かしながら私たちを待っていた。王城で魔力補塡を行う時より仰々《ぎょうぎょう》しく、一体なにが起こっているのだろうと首を傾げた。

「なに、これ」

私は聖堂で立ち尽くしてきょろきょろと周りを見ると、ジークとリンが私に向かって歩いてくる。

「聞いていないのか、ナイ」

ジークが背を屈《かが》めて、私の顔を覗《のぞ》き込んだ。

「聞くもなにも、答えてくれないし……みんな凄く必死な形相で支度していたから、もう一回聞けなかった……」

いや、本当にマジで怖かった。理由が分かれば恐怖は緩和したのに、聞いても答えが返ってこないまま、ひたすら身体を清められた。

「そうか。陛下から第二王子殿下の処分を下すと、関係者全員に招集が掛かった」

「それでみんな焦っていたのか。せっかくゆっくり寝られるはずだったのに」

陛下の勅命《ちょくめい》なら仕方ない。朝から使者がきて、教会の人もさぞ驚いたことだろう。

「こればかりはどうしようもない。命令に背《そむ》くことはできないからな」

「分かっているよ。ジークとリンも付き合わせてごめんね」

私の護衛騎士を務めているから必ず一緒に行動しているし、何度も事件や問題に巻き込んでしまっている。合同訓練で遭遇した魔獣も第二王子殿下の件も私に付き従っていなければ、ジークとリンが危ない目に遭《あ》うことはなかった。

「気にするな」

「うん。気にしないで、ナイ」

そっくりな二人がふっと笑って直ぐ、ジークが私との距離を縮めるために一歩を踏み出し、私は彼と距離を詰めてはならないと足を後ろへ下げる。何度か同じ攻防を繰り広げると、壁際に追い込まれ逃げ場を失った。

「――ナイ。言いたいことがある」

私の名前を呼ぶと、ジークが右手を壁に付けて顔と顔がぶつかりそうなほどに寄せてくる。それはまさしくイケメンの壁ドンだった。リンはジークの行動を咎めず、助けは期待できないと私は小さく息を吐く。見慣れている顔なので胸が高鳴ることはない。ジークもなにも感じていないはずだし、幼馴染だからできる行動だろう。

「城に行って、なにか思うことがあってもしゃしゃり出るなよ。魔物や魔獣相手なら加勢できるが、立場が必要な場だと騎士の俺たちはナイを庇《かば》えない」

ジークの睫《まつ》毛《げ》は長いなあとか、歯並び凄く綺麗《きれい》だよねえとか、腰の位置高すぎだよねえとか、他所事《よそごと》を考えつつ彼の言葉を聞いていた。

「知ってる。召喚《しょうかん》されるなら謁見《えっけん》場だし、きっと妙なことにはならないよ。いつもありがとう、ジーク。リンも守ってくれてありがとう」

私の言葉にふいと視線を逸らすジークとへらりと笑ったリン。ジークは視線を戻して小さく息を吐き、綺麗な形の口を開いた。

「頼むから、冷や冷やさせてくれるな」

他のお偉いさん方もいらっしゃるし、当然陛下もいるので警備は厳重だ。なにかに巻き込まれることはないし、妙な展開にもなるまい。口をへの字にして難しい顔を浮かべているジークの腕をタップしようとすれば、新たな気配を感じて手が止まる。

「ジークフリードくん、ナイちゃんが無茶をして騒動に巻き込まれるのはいつものことです。諦《あきら》めた方が良くないですか？」

クレイジーシスターがにこりと笑い、割と酷い言葉でジークを止めた。私が無茶をして騒動に巻き込まれるのではなく、騒動が起こるから無茶をしなければならないが正解なのに。シスターの言葉を否定しても、言い返されるのがオチなので黙っておこう。

「シスター……それはいかがなものかと」

壁から手を離したジークがぼそりと言葉を零しつつシスターに顔を向けた。いやいや、諦めると騒動に巻き込まれる日々が続いてしまう。そりゃ、巻き込まれれば全力で対処するが、私は平穏な日々を送りたいのでご勘弁を。

「ナイちゃんであれば間違った道に進むことはありません。仮に間違った道に進もうとすればお二人が止めるでしょう？」

もちろん私たちも全力で止めさせて頂きますが、とシスターは付け加えた。

「はい、もちろんです」

ジークが短く返した言葉にシスターは満足そうに頷く。世間は世知辛《せちがら》く、体を張って道を正そうと動いてくれる仲間は大切だ。私もジークとリンが人の道から踏み出るなら全力で止めるし、騎士以外の道に進みたいなら真っ直《ます》ぐ歩けるように持てる全てを使って対処する。

「なら良いではありませんか。貴方《あなた》たちはまだ若い。失敗しながらゆっくり歩いて行けば良いのです。道を違《たが》わぬままで……――さあ、馬車に乗ってください。時間に余裕はありますが、城の方々をお待たせする訳にはなりません」

話はここまでと、クレイジーシスターは私たちを聖堂から正面扉へ導く。御者さんの手によって扉を開かれた馬車の中に乗り込み、閉められる前にシスターの顔を見た。

「行ってきます、シスター」

「はい、行ってらっしゃい。貴方たちであれば大丈夫でしょうが、粗相《そそう》のないようにお願い致しますね」

彼女の言葉に確りと頷けば、扉が閉まりゆっくりと馬車が進み始める。馬車に揺られながら貴族街を進めば、見慣れたアルバトロス城へ辿り着くのだった。

◇◇◇

城に辿り着き、馬車を降りると近衛騎士《このえ》さまが『お待ちしておりました』と告げ、挨拶をしたあと彼の後ろを付いて行く。私の後ろには専属護衛のジークとリンが控え、更にその後ろには近衛騎士さまが二人ついていた。

滅多に立ち入ることのないエリアへ足を踏み入れ大きな扉を抜けると、正面の壇上には豪華な飾りを施された大きな椅子が一つだけ置かれていた。おそらく玉座だ。部屋の真ん中には赤い絨毯《じゅうたん》が敷かれ、左右には官僚の方々がぽつぽつと控えていた。私は近衛騎士さまに正面演壇近くの左横に案内され、ここで待つようにと伝えられた。

言われるがまま待っていると公爵さまとソフィーアさま、セレスティアさまとヴァイセンベルク辺境伯さまが姿を現し、辺境伯さまとは初対面なので挨拶を交わす。他にも、殿下の婚約破棄宣言時に巻き込まれて怪我を負った高位貴族の親子が一緒に謁見場に入っている。おそらく第二王子殿下の行動に不満を持っているのだろう。

——陛下、ご入来《にゅうらい》！

声と共に陛下が謁見場に姿を現し、玉座に腰を下ろす衣擦《きぬず》れの音が聞こえた。礼をして床を見ている状態なので、表情を窺い知ることはできない。

「皆、よく集まってくれた、面《おもて》を上げよ。——では、ヘルベルトと関わった者たちの処断を始めよう。まずはヘルベルトを呼べ」

ヘルベルト殿下と怪しい男性以外にも罰すべき人物がいるのか。なら、ヘルベルト殿下を誑《たぶら》かした方がいるのかもしれない。衆目に晒《さら》される中、近衛騎士の方たちに囲まれた第二王子殿下が謁見場へとやってきた。

陛下は難しい顔で自身の息子を見下ろす。王族がアレな行動を取り、放置すれば王家の求心力が下がるので、息子に対して厳しい態度を取るしかない。殿下は少し頰《ほお》がこけているけれど、身綺麗だから酷い環境には置かれなかったようだ。殿下を囲う騎士さま方も難しい顔で対処している。殿下の指には鈍く光るシルバーリングがつけられており、私が身につけている魔術具とそっくりだった。

「ヘルベルト。間違いを犯し再起の機会を与えたのに、何故建国を祝う場で馬鹿《ばか》げた行動を取った？　謹慎が明けた際、私の前で反省していると申したではないか」

陛下の言葉にむっとした顔を浮かべる殿下は、近衛騎士さまの拘束から逃れようと身じろぎしたが、複数人による拘束から抜け出すことはできず、身を乗り出しただけに終わっている。

「馬鹿げてなどおりません！　俺のアリスに対する気持ちを皆に分かってもらえれば、彼女は幽閉塔から解放されると考えました！　父上の前で反省しているとお伝えしたのはアリスを助ける確率を上げたかった。ただそれだけです！」

陛下は第二王子殿下の言葉に深々と息を吐きなにも言わない。それを好機と取った殿下が大きく口を開いて言葉を続けた。

「価値のある人質を取ればアルバトロスは動かざるを得なくなり、アリスを解放できると……祖父が俺に教えてくれた!!　だから俺は祖父から与えられた魔石を使い、城の魔力補塡を週に一度担う黒髪の女を巻き込めば良いと実行したのです!!」

魔力を暴走させたのは、自身で魔術を発動させるより被害が大きくなると考えたそうだ。婚約破棄の場で殿下が私を捕まえようとしたのは、ヒロインちゃんと私を天秤《てんびん》に掛けて交渉するつもりだったらしい。

確かにアルバトロス王国からすれば、週に一度城の魔力補塡を担える聖女は価値のある人間だろう。でも王族と高位貴族を誑かしたヒロインちゃんを解放できるかと問われれば、難しいはず。ヒロインちゃんを解放すればテロリストに屈しているようなものだ。国の沽券《こけん》に関わるし、陛下の求心力も落ちてしまう。

「――伯爵を我が前に」

陛下が近衛騎士さまに指示を出した方は、第二王子殿下の生みの親となる側妃さまの実家のご当主さまだ。ようするに第二王子殿下の祖父である。

「ヘルベルト……余計なことを……」

件《くだん》の伯爵さまはぼそりと呟きながら忌々しそうな表情を浮かべ、第二王子殿下に舌打ちをした。殿下は飼い主に突き放された子犬のような顔になり、歯を食いしばったあとに口を開いた。

「何故です、真実でしょう!? 貴方が俺に謹慎明けの部屋でなにを考えているかを問い、俺が答え、貴方がアリスを助け出す唯一の方法だと告げて魔石を寄越してくれた!!」

で、殿下。全部ゲロっていませんか……取り調べは楽で良いけれど、今の言葉で伯爵さまの権威が地に落ちてしまっているのだが。周りの皆さまはざわりと騒ぎ、公爵さまは良い顔で彼らの話を聞いている。ソフィーアさまは難しそうな表情で、手をぎゅっと握り込んでいた。

「言いたい放題だな。男の癖に女々《めめ》しい言葉を吐き、野心を抱かぬお前に話を合わせていただけのこと。お前がもっと確り野望を持っていれば、アルバトロスは我々の手に入っていたはずだ……!!」

不愉快そうに吐露《とろ》する伯爵さまは、第一王子殿下より第二王子殿下に王太子になってほしかったようだ。殿下が王太子の座に興味がなく、その座を争えぬまま伯爵さま一派は燻《くすぶ》っていたのだろう。彼も全部ゲロった気がするから、お互いさまという気持ちになってしまうが……。

「俺は女々しくなどありません！　惚れた女のために地位を捨てても構わないと決意して、行動を起こしたのですから!!」

殿下は十分に女々しいような。自分の気持ちを優先させ、第二王子の責務から逃げてしまったのだから。伯爵さまも伯爵さまで、もっと確りとした対抗馬を持ってくれれば良いのに、擁立《ようりつ》したのが第二王子殿下では第一王子殿下に敵《かな》わないだろう。

殿下と伯爵さまの言い合いが続けば、二人のみっともなさに周囲はドン引きし始めていた。

「――二人とも黙れ!!　ヘルベルト、貴様は第二王子の役目を放棄し、平民の女に現《うつつ》を抜かした。伯爵はヘルベルトを王太子にさせたかったようだが、功を焦り失敗したな」

陛下が一喝すると謁見場が静まり返る。そして陛下は『もう終わりだ……』と零す伯爵さまを数メートルほど下がらせて、第二王子殿下と距離を取らせたあと、公爵さまへ視線を……いや、違う。ソフィーアさまの顔を見やった。

「処断を下したいが、その前に……ソフィーア・ハイゼンベルグ、前へ」

「はい」

陛下のお声掛けに短く答えたソフィーアさまが御前に出ると、謁見場にいる方々の視線が釘付けになった。

「ヘルベルトに言いたいことがあるなら申しておけ」

「いえ、しかし……」

「構わぬ。ヘルベルトは王族籍から抜ける身だ。殴っても、蹴《け》っても、暴言を吐いても、私が罪に問わぬと保証しよう」

陛下が告げると、ソフィーアさまは公爵さまに視線を向ける。静かに公爵さまが頷いたので、公爵家としても彼女が殿下に手や口を出して問題ないようだ。

「ヘルベルト殿下、私の力が及ばず貴方を止められませんでした。申し訳ありません」

ソフィーアさまが衆目の前で頭を下げた。公爵家のご令嬢が頭を下げることなんてそうそうない。あるとすれば、限られた人たちの間だけだ。謁見場で、地位を剝奪《はくだつ》される人にわざわざ謝罪する必要はない。

陛下の目的はソフィーアさまが溜め込んだものを吐かせたかったのだろう。だからこそ、彼女が無礼を働いても罪に問わないと確約したのに。ソフィーアさまが頭を下げたのは、殿下を自身の目的のために利用していた後ろめたさからだろうか。

「は、この期《ご》に及んで優しい女を演じるとはたまげたよ。アリスに吐いた暴言は許せるものではない！　黒髪黒目の女もだ！　俺の可愛《かわい》いアリスに楯突《たてつ》いて悦に浸っていただろう!?」

殿下は憎しみを宿した顔で私に視線を向けた。ぴくり、と私のこめかみの血管が浮かび、怒りを抑えるために手をぐっと握り込んで息を吐いた。

悦に浸ることはない。ヒロインちゃんが貴族のしきたりを知らないなら、知って考えて彼女が行動を改めれば良いと声を掛けただけなのに。私に視線を向けたのは殿下だけではなかった。陛下もまた私に視線を寄越しており、殿下の言葉を聞いて思うところがあったらしい……。

「確か、黒髪の聖女だな。前に出て名を申せ」

陛下の言葉に従って、近衛騎士さまが私を御前へ連れて行ってくれた。側にいた公爵さまはなにも言わないので、私のやりたいようにすれば良いだろう。

「はい。——陛下、御前失礼致します。名をナイと申します」

私は陛下の前で跪《ひざまず》く。あまり横柄な態度を取ると、謁見場にいる方々からなにを言われるか分からない。

「面を上げよ。週に一度の我が国への貢献、感謝している。ヘルベルトが暴走した際も其方《そなた》には世話になったな。死者が出なかったのは不幸中の幸いだった」

陛下が一拍置いて言葉を続ける。

「ヘルベルトが其方にも口汚い言葉を申した。ソフィーア・ハイゼンベルグ同様に私が罪に問わぬと保証しよう。ヘルベルトに言いたいことがあるなら申せ」

もしかして教会が王家に抗議したのだろうか。陛下が私に声を掛けた理由に一番納得できるのは教会からの抗議である。でも今回ばかりは有難い。ソフィーアさまへ暴言を吐いたことは許せないし、第二王子殿下として振舞うことを止めてしまった人に遠慮は要らないと殿下に一歩近づいた。

「殿下。メッサリナさんはアルバトロス第二王子の座を降りた方に価値を見出さないでしょう」

ヒロインちゃんはお金持ちのイケメンが大好きなのだろう。イケメンで自分を飾り立てて嬉しくなるタイプと踏んでいる。だから第二王子殿下の地位から退《しりぞ》けば、彼に向けていた好意や執着はあっさりと引くはずだ。幽閉塔にいるので殿下に縋《すが》るかもしれないが、ヒロインちゃんに会えた時には彼は王族籍から抜けなにもできない。

「な、なにを言う！　アリスは俺を愛しているし、俺もアリスを愛している！　疑いようのない事実だぞ!!」

愛だけで成り立つ世界なら良かったけれど、残念ながら世の中そう簡単なものではない。

「では、第二王子殿下ではない貴方とメッサリナさんが再会した時に、わたくしの言葉の意味をご理解なさるはずです」

私の言葉に怒りを露《あらわ》にする殿下。彼は誰の言葉も理解する気はなく、ヒロインちゃんを妄信しているようだ。これ以上彼に追い打ちを掛けても意味はないと、陛下に頭を下げて場を下がる許可を頂こうとすれば、考える素振りを見せた陛下がヒロインちゃんを召喚するように命じた。待っていると、騎士の方々に連れられたヒロインちゃんがやってくる。

魔眼対策は副団長さまが施しているから、彼女が誰かに好意を持っても洗脳される心配はない。

陛下は彼女を呼び、殿下の心を真っ二つに折るつもりなのだろうか。

「ああ、ヘルベルトさま！　助けて！　この人たち、あたしを凄く乱暴に扱うの!!」

ヒロインちゃんが殿下に近づこうとすると、彼女を取り囲む騎士さまが止める。

「騎士は放っておけ！　なあ……アリス、俺が王族籍から抜けても一緒にいてくれるだろう？」

殿下は必死な表情で彼女に問うた。

「……え？」

ピタリとヒロインちゃんの表情と身体が固まる。

「待って、待って、ねえ……ヘルベルトは王子さまじゃなくなるの？」

「ああ、そうだ。アリス、俺と一緒に静かな田舎で暮らそう。そうすれば俺とアリスを蔑《ないがし》ろにする連中と会わずに済む。王都より不便を強《し》いられるが、愛があれば問題ない」

顔色がどんどん悪くなっていくヒロインちゃんと、素敵な未来を語る殿下。ヒロインちゃんは顔面蒼白《そうはく》になりながら口を開いた。

「……王子さまじゃないヘルベルトなんて、ヘルベルトじゃない……ヘルベルトは王子さまで、あたしを愛してくれて、ドレスをいっぱいプレゼントしてくれなきゃいけないの！　夜会で周りの女よりあたしが綺麗じゃなきゃ意味がないのよ!!」

ヒロインちゃんの本心が吐露された。やはり彼女は第二王子殿下を都合の良い男性として捉えている。ゲームならドレスで着飾り夜会に出れば、ちやほやされるのは当然だろう。でも現実ではドレスの仕立て代は第二王子殿下が支払うのだし、優しい言葉を投げられたとしても嫌味が含まれていることもある。彼女が夢を見ているようなキラキラした夜会は存在しない。

「アリス……アリス！　嘘だと言ってくれ！　君も俺を王子として見ていたのか!?」

「ええ、そうよ！　この世界はあたしのためにあるから、あたしのものよ！　それなのにどうしてこんなことになっているの？　意味が分からない!!」

ヒロインちゃんと殿下の嚙《か》み合わない言い合いが続く。

「嘘だ……嘘だろう、アリス？　俺は君を愛している！　だから君も俺を愛してくれ！」

「はあ!?　お金も地位もない男なんて愛せる訳ないわ！　ヘルベルトが王子さまじゃないなら、お金持ちの商人の方がまだマシよ!!」

不毛なやり取りに陛下が盛大な溜め息を吐いて、二人に謁見場から出て行けと命じる。殿下は嘘だと叫び続け、ヒロインちゃんもこんなはずじゃなかったのにと言いながら、騎士の方々によって退場させられた。

第二王子殿下は先ほど告げられた通り王族籍を剝奪され幽閉処分となり、去勢処置も施される。第二王子殿下の祖父である伯爵さまは、王家の体制を揺るがしたことで処刑となった。会場に忍び込んでいた怪しい人物も伯爵さまが雇った野良の魔術師で、尋問を受けた上で極刑に処される。へルベルト殿下の生みの親である側妃さまも、伯爵さまの目的を知りながら対処しなかったことを罪に問われ修道院送りになるようだ。しかし、まあ……——何故、こんなにあっさりと伯爵さまの処断が下ったのだろう。

やらかしたことは事実だけれど、行動が杜撰《ずさん》で稚拙《ちせつ》である。もっと賢く立ち回り、玉座を狙いそうなものだけれど。元第二王子殿下に玉座を与えるために、生き急ぎすぎたのだろうか。結果、処刑されれば元も子もないのに。私が考えても意味がないと息を吐けば、断罪の幕が静かに下りた……。

◇◇◇

第二王子殿下の処分を終えたのに、何故か殿下の関係者にも処分が下っていた。殿下の教育係を務めていた方は、王族の専属家庭教師の座を退いているし、乳母さんとか殿下を諫《いさ》められなかった大人も責任を取っているとのこと。

「致し方ない。運が悪かったとしか言えん」

公爵邸の東屋《あずまや》で紅茶を飲みながら公爵さまが渋い顔をして言い、同席しているソフィーアさまと私は微妙な顔になる。後ろで控えているジークとリンはいつも通りすまし顔だ。

第二王子殿下のやらかしで巻き込まれてしまった方々は、社長のぼんくら息子が不祥事を起こして責任を取る羽目になった社員さんみたいなものだろう。王政制度の世界で、首と胴体がお別れしなかっただけマシか。陛下の気分次第で、お空の上に旅立っていたのだから。

とばっちりすぎるため、裏で手を回すとか回さないとか協議されているらしく、知らぬ間に巻き込まれた方々が途方に暮れることのない結末を願うばかりだ。

「陛下も退位を望んだが、宰相を始めとした者たちが大慌てで止めてなあ」

生やした髭《ひげ》を撫《な》でる公爵さまも、陛下の説得に回ったらしい。陛下は謁見場で割と厳しい態度を取っていたのに、裏ではそこまで話が大事になっていたのか。先王さまが早くに亡くなり、陛下が玉座に就いたと聞いている。周辺国の王さまより若いので、諸外国の王さま方との交流は骨を折りそうだ。社会に出ると年齢マウントって普通にあるから、陛下も気を遣うだろう。

「お爺《じい》さま、何故私とナイにその話を？」

ソフィーアさまが珍しく困った顔で公爵さまに問うた。

「お前さんたちは当事者だ。知っておいた方が良いだろう」

公爵さまの言葉にソフィーアさまと私は視線を合わせて妙な顔になる。良いのかなあ、こんな話を聞いて。王家の醜聞《しゅうぶん》なのに、ソフィーアさまはまだしも一介の聖女が耳にするなんて。

「元第二王子と平民の女は幽閉塔でまだ罵《のの》り合いをしているそうだ。ナイの言った通りになったな。お前さん、色恋に興味はないのに何故分かった？」

謁見場での再会で分かり切っているが、やはり第二王子殿下の椅子を失った方にヒロインちゃんの心は向かないようだ。しかし公爵さま……何故、私は恋愛に興味はないと決めつけるのでしょうか。いや、まあ食い気の方に意識が向いている自覚はあるけれど。ふうと息を吐いて、公爵さまを見る。

「今回捕まったメッサリナさんは、地位と顔の良い男性を侍《はべ》らすことで心を満たしていたようです。王族の方と高位貴族のご子息を侍らした豪胆さには驚きを隠せませんが、王族籍を抜けた顔が良いだけの男性に価値を見出す可能性は低いと考えました」

私が誰かを貶《おとし》めたことが珍しいのか、髭を撫でていた公爵さまの手が止まり、ソフィーアさまは微妙な顔になった。私も人間なので、誰かをボロカスに言うことはある。

「ナイの言いたいことは理解できる。しかし、件の女はジークフリードにも興味を持っていたと聞いているが？」

「メッサリナさんはジークを物語の登場人物と捉えていたようですから。登場人物全員を侍らしたかったのでしょう。狙った方、全員を落とせばお金には困りません」

未成年で学院生だから、将来をどうするのかまでは知らないけれど。

「言いたいことは分かるが……せめて地位があれば説得力は増すのだがな。貴族の女でも若い燕《つばめ》を飼って、楽しんでいる者は多くいる。平民でも金があれば男を用意できように。魔眼の力で男を誑かし手に入れようなど、馬鹿なことをしたものだ」

ヒロインちゃんはゲーム、シナリオと口にしたから、おそらく乙女ゲームのハーレムルートを夢見たのだろう。ゲームに憧《あこが》れを持ち、ゲームの世界にいるとなればテンションは上がる。でも、ハーレムルートを最後まで走り切ることはなかった。そりゃそうだ。この世界はゲームの中ではなく現実なのだから。目の前にいる人たちをゲームのキャラと捉えることなく、生身の人間として見ることができれば、ヒロインちゃんが幽閉されることはなかった。

「燕を飼っている方々は、飼っても問題のない燕を選ぶでしょう」

「………………そうだな」

私から視線を逸らした公爵さまは、渋い顔で声を絞りだした。国に忠誠を誓っているから、無謀な行動を取ったヒロインちゃんの心理が分かり辛いようだ。男性は頭で考えて行動し、女性は心で考えて動くなんて言われているから、公爵さまには余計に分り辛いのか。

「ああ、そうだ。ナイ、陛下からだ」

「へ？」

なんで、と言う声は寸でのところで飲み込んだ。公爵さまが執事さんに視線を向けると、執事さんがシルバートレイに手紙を乗せて私の前に差し出した。

「情けない声を出すな。本当にナイは肝心な所でごっそりとなにかが抜け落ちているなあ……もう少し聖女としてきちんと振舞え」

公爵さまの呆《あき》れ声を聞いたソフィーアさまは小さく笑っている。執事さんが手紙を開封して渡してくれたので、私が一番先に目を通せと言いたいらしい。

『此度《こたび》の働きお見事。でも建国祭で王族の前に出たことは問題だから、お説教と教育を受けてね。

息子が迷惑をかけてメンゴ。詫《わ》びの印に、暫《しばら》くの間は障壁の補填代に色を付けておくね』

定型の挨拶は無視して、超意訳するとこんな感じだ。褒《ほ》められているのか、怒られているのかイマイチ分かり辛い。でも、言いたいことは分かるのでお説教とお勉強は受けておくべきか。お貴族さまの価値観や考え方を確りと学んだ訳じゃないし、聖女として長く勤めるならお貴族さまと縁を切れないので丁度良い機会だろう。

「今日がワシからの説教だな。あとは学院で王族と貴族のしきたりをきちんと学べ。もう一つ、アルバトロスにとって聖女は如何《いか》に大事な存在であるかもだ」

「承知しました」

ふう、と短く息を吐いて素直に受け取った。

「む、珍しいな。以前なら嫌な顔を浮かべていただろうに」

「少し考えを改めただけです。何故かと問われると答えるのは難しいですが」

公爵さまには知られたくないので、先手を打って彼が二の句を告げないようにした。多分、公爵さまとソフィーアさまに関わったお陰だ。

仲間を斬り殺したお貴族さまのような方ばかりではないと知れたのだ。ソフィーアさまの決意を聞いたのに、不貞腐《ふてくさ》れたままお貴族さまなんて……とは言えない。セレスティアさまにも、必要以上に謙る必要はないと教えてもらった。長年染みついたものだから直ぐに取り払うのは難しいけれど、上手くバランスを保ちながら学院生活を送れば良い。あ、そうだ、聞かなければならないことがある。

「閣下、一つ質問を宜《よろ》しいでしょうか」

「質問の内容次第だが、どうした？」

公爵さまは腕を組んで言ってみろと私に促した。

「何故、殿下が……元殿下が婚約破棄を宣言した時点で近衛騎士の方々が止めなかったのですか？騎士に偽装した魔術師団副団長さまが会場に控えていたので、なにか情報を摑《つか》んでいるとは思いましたが……」

一方的な婚約破棄は王家の醜聞になるから、普通は速攻で止めに入るはず。だのに殿下を放って事態を悪化させたように見えた。

「ん、ああ。元伯爵の目的と行動を我々は摑んでいたのだよ。伯爵が元殿下になにかしら吹き込んだのは分かっていたが、詳細は分からなかった。殿下を暫く好きにさせていた理由はそこにある。だが証拠として魔石を得たし、伯爵に賛同する者たちを一斉に処断することもできた。問題はあるまい」

随分と用意周到である。これ、なにかあったのではないだろうか。それこそ伯爵さまの娘が側妃として王家に嫁いだ頃から。ただ、来賓が多くいらっしゃる場で無茶をした。

「ヴァンディリア王を巻き込んでまで、ですか？」

かなり大博打《おおばくち》だが……他国の王さまが巻き込まれて死んだりしたら、周辺国から突き上げを食らいヴァンディリアも黙っていない。下手をすれば戦争に陥《おちい》ってしまうだろう。

「ヴァンディリア王はナイに興味を持ち、建国祭の催しにどうしても参加したかったそうだ。我らの理由と狙いを話した上で、死んでも問題にしないと書面には残して頂いておるから、アルバトロスはヴァンディリアに責められることはない」

確かに書面を残して頂いていれば問題はないし、危険を回避するために魔術師を配置して障壁を張る用意をしていたが、そこまでして私に会いたいって一体なにが目的だったのか。

「それはそれで不味《まず》い気がするのですが……」

一国の王さまになにを書かせているのだろうか。

「あちらが我らの提案に同意したのだ、気にせんで良い。ナイはヴァンディリア王と顔合わせを済ませただろう。なにか目的があるようだから上手く利用してやれ」

上手く利用しろと言われても、国か教会経由で話を持ってくるしかないのでは。ヴァンディリア王が個人で教会に治癒依頼を出すのは無理があるから、やはり国王として関わりを持つことになるはず。なら教会が指定した金額で寄付を頂くだけだ。国も経由するから寄付金額は跳ね上がるはず。私が治せないなら他の聖女さまに依頼が舞い込む……それだけの話。

「上手く利用できるかは分かりませんが、私は聖女としてやるべきことをやるだけです。しかし閣下、今回捕まった伯爵さまは以前から目を付けられていたことになりますが……一体いつから？」

「知りたいなら立場と地位を手に入れろと言いたいがな。まあ良いだろう」

伯爵さまは随分と前からアルバトロスの混乱を狙い、トップ挿《す》げ替えを企んでいたそうだ。伯爵さまの後ろには頭のキレる侯爵さまがいて指示を出していたけれど、数年前に亡くなり代を継いだ新侯爵さまは穏健派《おんけんは》で王国の平和を選んだ。ブレインが不在となり、侯爵さま一派は数を減らし残ったのは伯爵さまたち。追い込まれた鼠《ねずみ》が猫を噛んで大失敗したようだ。

「小物だが、死んだ侯爵が入れ知恵してな。最近になってようやくボロを出したのだよ」

公爵さまであれば問答無用で伯爵さまたちの首を切るのだが、陛下は証拠がなければ駄目だと言い張って今の今まで引っ張っていたそうだ。あー、それで陛下が退位を口にしたのか。だが陛下には現役を続けて頂かないと困るから、周囲は必死になって説得したと。もし陛下が愚王と評価されていれば、周りの方々は諸手《もろて》を上げて退位を歓迎しただろう。日頃の行いって大事だ。

「ワシが若い時に隣国と戦《いくさ》になったのは、あの忌々しい狸《たぬき》侯爵が原因だったのではと踏んでいるが証拠はないし、今更だ」

公爵さまも狸ではと言いたい気持ちを飲み込む。第二王子殿下とソフィーアさまとの婚約は伯爵さまの動きを狭めるためだったとのこと。ソフィーアさまに選択肢を与えたのは、彼女であれば必ず縦に頷くと分かっていたから。頭の足りないご令嬢に育っていれば、問答無用で殿下をあてがったそうだ。八歳で政争の道具として扱われるのかとソフィーアさまを見れば、いつも通りの顔で紅茶をしばいている。私の感覚がおかしいのか……と小さく首を捻れば、ソフィーアさまが私に気付いてくすりと笑った。

「先代も陛下も周辺国との共同歩調を掲げる穏健派だ。それゆえに他国からアルバトロスは引き籠《こも》りと揶揄されているが、牙と爪は隠し持っておくものよ」

公爵さまが王座に就いていれば、副団長さまと私は前線に派遣され使い潰されそうだ。アルバトロスの王さまが陛下で良かったと安堵しながら、公爵さまの顔を見る。

「ワシが玉座に就けば戦況が拡大すると周りの者たちから止められたな。先々代の遺志もあるが、穏健派だった兄が玉座に就いた。思えば確かに、ワシが玉座に就いていれば今頃はアルバトロスの国土を倍にした自信がある」

グッジョブです、随分と前のアルバトロス上層部の皆さま。公爵さまの若かりし頃は戦場を駆けまわっていたそうだ。目の前の彼なら、大陸統一を成し遂げていそうだと口にはしない。

「それは、聖女の皆さまに負担が掛かってしまうのではないでしょうか。週に一度の補填で足りない気がします」

「ナイなら三日に一度でも平気だろう。その分の報酬はきっちり支払う。大陸を統一すれば、障壁も必要ないのだがな」

むーと考え込んでいる公爵さまに、もう歳も歳だから無茶をしないでくださいと願う。あと穏健派の陛下を焚《た》き付けないでください。

――とりあえず。

第二王子殿下とソフィーアさまの婚約破棄劇は、ヒロインちゃん不在のまま実行され第二王子殿下方が一網打尽《いちもうだじん》にされる結果に終わったのだった。

いろいろなことがたった一ヶ月で引き起こったなあと、お昼ご飯を終えて学院の中庭へ続く道を歩いていた。

随分と日差しが強くなり、木陰に入らないと汗をじんわりとかくようになってきた今日この頃。ジークとリンが男爵家の籍に入ることが決定した。公爵さまの根回しが済み、本来もっと時間が掛かる貴族籍登録を終えたのだ。公爵さまと話し合いをしている時点で、彼の腹の中では決定事項だったのだろう。ラウ男爵さまとの面会をジークとリンは済ませており、穏やかで優しいご夫婦らしい。

クルーガー伯爵さまからのちょっかいが綺麗《きれい》に止まるはずと、中庭のいつもの定位置に辿《たど》り着いて、ジークとリンと私は芝生の上に腰を下ろした。

「ジークフリード・ラウ。ジークリンデ・ラウ。うん、良い響きじゃないかな？」

二人の新たな名前を口にして、舌触りを確認する。長ったらしい家名だと、きちんと舌が回るのか自信がない。偶《たま》に凄《すご》く長い家名の人に出会って困る時がある。噛《か》むと失礼なので、何度も必死に口に出して練習することがあった。

ジークとリンはそんな私を見ておかしそうに笑っていたけれど、お貴族さまの名前を間違えて教会から怒られるのは私だ。聖女の品格を落とす訳にもいかず、結構大変だった。

「慣れないいな。家名なんて名乗っていなかったから」

「変な感じだね」

ジークとリンが顔を見合わせて苦笑いを浮かべる。書類にサインをして、公爵さま経由で公的機関へ提出して終わりだったから実感が少ないのだろう。苦笑いをしている二人を見ながら、気になっていたことがあった。聞くタイミングは今しかないなと口を開く。

「リンは良かったの？　ジークが公爵さまに返事をして話がそのまま進んじゃったけれど」

リンの顔を見上げて問うた。クレイグとサフィールにも二人が貴族籍に入ることを相談しており、その時の彼女は私に迷惑を掛けたくないと言って受け入れていた。でも時間が経《た》って気持ちが変わっているかもしれないから、改めての確認だった。

「兄さんが一緒だから問題ないよ。公爵さまの話だと今まで通りの生活で良いし、男爵さまも夫人も悪い感じはしなかったから」

人の良し悪《あ》しの判断は時間が掛かるけれど、リンは勘が鋭いから当たっている可能性が高い。私は男爵さまと顔合わせをしておらず、どんな方なのかさっぱりだが、公爵さまが薦めた方だし心配はなさそうだ。

「そっか。お祝いって言ったら変だけれど、また今度みんなで集まってなにかしよう。もう直《す》ぐ長期休暇だから時間が取りやすいし」

学院へ入学してから二ヶ月強、あと少しで長期休暇に入る。領地持ちの人は王都から実家に帰省する人が多く、避暑地へ赴《おもむ》く方もいる。私たちは基本的に王都から出ることはなく、夏休みの二ヶ月間は暇《ひま》だ。討伐遠征依頼が発生するかもと三人で話をしていたが、仕事が舞い込む気配はない。

「俺たちを口実にナイが騒ぎたいだけだろう？」

「みんなで騒ぐの、良いかも」

ジークとリンが肩を竦《すく》めながら私を見る。学院に入ってから勉強に追われていたし、週に一度お城に赴いて障壁を張るための魔術陣へ魔力補填《ほてん》をしたり、魔獣が出たり、伯爵さまの落胤《らくいん》話が二人に舞い込んできたり、婚約破棄事件があったりと騒がしかった。偶には羽を伸ばしてもバチは当たるまい。仲間を集めて、王都近くの丘にお弁当を持って出掛けても良いし、どこかお店に入って飲み食いするのも楽しいだろう。

「まあ、騒ぎたい気持ちはあるかも。いろいろあったし、自由時間も大分少なくなっているから長期休暇はゆっくり休むか遊び倒したいなあ」

私は当事者ではないのに、巻き込まれてしまったけれど。

「だな」

「うん」

三人で会話を交わしていると、足音を鳴らしてこちらへやってくる人がいた。何事だろうと顔を上げれば、マルクスさまが仁王立ちしている。よっこいしょ、と口には出さずに立ち上がると、ジークとリンも立ち上がる。私が礼を執《と》り顔を上げると、彼は片手で頭を掻《か》いて少し気まずそうに視線を逸《そ》らした。

「あー……その、なんだ、親父が迷惑を掛けたな。スマン」

マルクスさまはジークとリンがラウ男爵家に籍入りした情報をどこかで仕入れたようだ。言葉にするのが苦手な彼を見て苦笑いをしつつ、私に頭を下げられても困るからジークとリンの方へ視線を向ける。それに気付いたマルクスさまは口を横に伸ばして、一度深い息を吐くと二人に顔を向けた。

「また手合わせしてくれると有難い」

「お気になさらず。手合わせは申請を通して頂ければ、いつでも受けて立ちます」

ジークが言葉を口にし、リンは黙って目を伏せる。落胤問題は伯爵さまが原因であって、マルクスさまが謝る必要はないのだが、視線を浴びていたので気になっていたのだろう。人目があると誰かに聞かれてしまうので、機会を窺《うかが》いジークとリンに声を掛けたようだ。セレスティアさまがこの場にいれば驚くだろうなあと私は苦笑する。

「言いたいことは言った。じゃあな」

あっさりとしているのか不器用なのか判断のつかない行動だったけれど、無視を決め込むより印象は良くなる。マルクスさまに原因がある訳じゃないし、ジークとリンも彼は巻き込まれた側だと理解しているはず。

「そろそろ時間だね、ジーク、リン、教室に戻ろう」

「ああ、行こう」

「うん」

三人で歩き出すと、スカートのプリーツを優しく撫《な》でる風が吹く。いつもの場所でジークとリンと別れ特進科の教室を目指し、ゆっくりと中庭を歩いて行く。二ヶ月前ならきょろきょろと周りを見回しながら歩いていた道も慣れてしまい、真っ直ぐ前を向いて歩を進める。時折、花壇に珍しい花が咲いており目を向けるくらいだ。特進科の校舎に差し掛かる少し手前で、ふいに私の名を呼ばれ声に振り向くと、ソフィーアさまが一人で立っている。

「良い風が吹いているな。学院に入って置かれている状況が目まぐるしく変わって、これからどうなるのか分からないが……まあ、ナイがいると楽しそうではあるな」

ふっと笑ったソフィーアさま。二ヶ月前の厳しい表情とは大違いだと感心しながら、初めて彼女に声を掛けられた場所で顔を突き合わせた。

「楽しいかどうかは分かりませんが、まだ学院生活は二年以上あります。新しい出会いが沢山あるはずです」

学校生活なら嫌なこともあれば、楽しいこともある。出会いもあれば、別れもある。卒業まで長い時間が必要になるけれど、無事に卒業できるようにと願う。

「そうだな。さて、時間も時間だし教室に戻ろう。あ、いや……――待て。ネクタイが曲がっている、直せ」

彼女と初めて会った時と同じ言葉を告げられた。ソフィーアさまの言葉に従い下を見ると、確かにネクタイが曲がっている。手を伸ばしてネクタイを結び直すけれど、鏡がなければ上手く締められない。

「以前も思ったが下手だな……ほら、貸してみろ」

すみません不器用で、と心の中で謝罪すれば彼女の手が伸びてきて、さっくりとネクタイを結び直してくれた。ソフィーアさまと関わることなんてそうそうないと入学当初は決めつけていたけれど……変われば変わるものだなと感心しながら、先に歩き始めた彼女の背を追いかけるのだった。

あとがき

魔力量歴代最強な転生聖女さま～第2巻、を沢山の本の中から選んで頂き誠に有難うございます！　第2巻を出版することができ安堵《あんど》しております。WEB版の方も話数を重ね、二四〇万字を超えました。執筆を開始した頃は読まれなければ削除すれば良いかと考えていたのですが、皆さまの目に止まり、評価と感想を頂け、飽き性な作者が一年半以上執筆できているのは奇跡ですし、本を出版できたのも皆さまのお陰です。

第2巻は、女性向けレーベルでありながら恋愛要素が薄く『ヤバくね、これ？』というのが作者の本音ですが、第二王子殿下が沢山の愛を囁《ささや》いてくれたのでヨシ！　と現場猫しておりました。主人公の性別か、主人公以外の性別を逆転させればハーレムが出来上がる不思議……。

ヒロインちゃんを描写していてイラつくことはなかったのですが、第二王子を書いているとコヤツ気持ち悪いなと、鈍い作者でも気付きました。なにが違うのかと考え出した答えは、ヒロインちゃんは現実《リアル》にこんな子がいて、不味《まず》いと感じれば近寄らないで我関せずを貫けるのですが、第二王子の場合は、彼の理解できない行動を相談された上に、格上相手で『辛いですね』と伝えるしかなく、毎度相談を受けるようになり、逃げ道がないパターンに陥《おちい》るなと遠い目になりました。酒の席でも嫌です、うん。

そして1巻のあとがきで恐れていたことが、2巻で起きたような気がします。リンさんや、君、良い所を持っていき過ぎではとなりました。ジークができないことをリンに背負わせている部分があるので、作者的には一向に構わんという心理なのですが……本作を手に取って下さった方々が納得して頂けているのか不安です。

ただWEB版から時系列入れ替えと第二王子殿下の行動を変えたので、それにより各キャラの行動や感情値に変化が起こり、副団長さまがにょっきりと生えてきたのでご容赦下さい。一番良い所はソフィーアさまが持っていきましたが、1巻でネクタイを指摘するシーンを利用すれば良い締めになるとエピローグで入れさせて頂きました。

いろいろと書き連ねましたが、創作者として未熟な所が沢山あります。伸びしろがあるならば、まだまだ伸ばしていきたいと考えておりますので、皆さまよろしくお願い致します。

最後に、本作に関わってくださった担当さま、イラストレーターの桜先生、ダッシュエックス文庫・Dノベルf編集部さま、出版社の皆さま、読んでくださった皆さま、本当に有難うございます。作品を書き続けることでしかお礼をお伝えできませんが、またご縁が持てることを切に願っております。

二〇二三年・十月吉日　　行雲流水

ダッシュエックスノベルfの既刊

Dash X Novel F 's Previous Publication

『未来で冷遇妃になるはずなのに、なんだか様子がおかしいのですが… 2』

狭山ひびき

イラスト／珠梨やすゆき

異国の極甘ラブストーリー、待望の第二巻！

グリドール国の第二王女ローズは、家族から疎まれ、姉の身代わりにマルタン大国の王太子ラファエルの冷遇妃となる運命だった。しかしラファエルと運命を乗り越え、ローズは王太子に溺愛される婚約者としてマルタン大国へと迎えられた。母国とはまた違う文化に心躍らせるローズであったが、ラファエルの姉であるブランディーヌには良く思われていないようで、出会い頭に罵倒されてしまう。ラファエルがローズを守るため躍起になる中、マルタン大国の現王妃、ジゼルには「ローズ王女は次期王妃にふさわしくない」と告げられ——!?家族のしがらみから自由になったローズに迫る新たな試練。ラファエルからの溺愛も相変わらずで!?

ダッシュエックスノベルfの既刊

Dash X Novel F 's Previous Publication

『未プレイの乙女ゲームに転生した平凡令嬢は聖なる刺繍の糸を刺す』

西根 羽南

イラスト／小田 すずか

刺繍好きの平凡令嬢×美しすぎる鈍感王子の
焦れ焦れラブファンタジー、開幕!!

転生先は——未プレイの乙女ゲーム!?平凡な子爵令嬢エルナは、学園の入学式で乙女ゲーム「虹色パラダイス」の世界に転生したと気付く。だが「虹パラ」をプレイしたことがないエルナの持つ情報は、パッケージイラストと友人の感想のみ。地味で平穏に暮らしたいのに、現実はままならない。ヒロインらしき美少女と親友になり、メイン攻略対象らしき美貌の王子に「名前を呼んでほしい」と追いかけられ、周囲の嫉妬をかわす日々。果てはエルナが刺繍したハンカチを巡って、誘拐騒動に巻き込まれ!?

Dノベルf

魔力量歴代最強な転生聖女さまの学園生活は波乱に満ち溢れているようです 2
～王子さまに悪役令嬢とヒロインぽい子たちがいるけれど、ここは乙女ゲー世界ですか？～

行雲 流水

2023年12月10日　第1刷発行

★定価はカバーに表示してあります

発行者　瓶子吉久
発行所　株式会社　集英社
〒101－8050　東京都千代田区一ツ橋2－5－10
03(3230)6229(編集)
03(3230)6393(販売／書店専用)　03(3230)6080(読者係)
印刷所　図書印刷株式会社

ISBN978-4-08-632018-4　C0093

作品のご感想、ファンレターをお待ちしております。

あて先

〒101－8050　東京都千代田区一ツ橋2－5－10
集英社ダッシュエックスノベルf編集部　気付
行雲 流水先生／桜 イオン先生